LE COLONEL CHABERT

———

PEINES DE CŒUR
D'UNE CHATTE ANGLAISE

© 1993, Bookking International, Paris
ISBN : 2-87714-199-3

BALZAC

Le colonel Chabert

Peines de cœur
d'une chatte anglaise

Honoré de Balzac
(1799-1850)

Le 20 mai 1799 naît à Tours Honoré Balzac, fils d'un fournisseur aux armées. L'enfant, mélancolique, n'a pour seul refuge que la lecture. Employé, pendant ses études, chez un notaire parisien, il s'amuse et s'imprègne des drames familiaux et financiers qui trouvent leur aboutissement dans l'étude de son employeur. À 20 ans, il passe le baccalauréat de droit et, avec l'accord de sa famille, décide de se consacrer à la littérature. Il écrit un drame, *Cromwell* ; un académicien le lit et lui conseille d'abandonner la littérature...

Puisqu'il ne semble pas doué pour le théâtre (parmi ses pièces, une seule, *La Marâtre*, en 1848, aura du succès de son vivant), Balzac se lance alors dans le roman-feuilleton, signant Horace de Saint-Aubin ou Lord R'Hoone. Ce roturier a hérité de son père le goût de la noblesse, et sera souvent critiqué pour avoir ajouté une particule à son patronyme.

En 1823 il rencontre Laure de Berny, voisine de ses parents. Elle a quinze ans de plus que lui. Ils s'aimeront pendant plus de dix années.

De cet amour naîtra *Le Lys dans la vallée*, mais aussi le romancier de la *Comédie humaine*. Laure de Berny initie le jeune provincial aux milieux aristocratiques de la capitale, et l'aide financièrement dans ses entreprises : maison d'édition, imprimerie... Balzac fait, chaque fois, rapidement faillite. Il n'aura jamais le sens des affaires, et toutes ses entreprises financières seront des échecs.

Tout en fréquentant les salons, où son élégance tapageuse ne passe pas inaperçue et en s'éprenant de femmes de la haute société, il se documente, curieux de tout, fait aussi du journalisme.

En 1829, il publie *Les Chouans*, première pièce de sa *Comédie humaine*, qui comptera 31 romans et nouvelles (sur 137 projetés). Renonçant aux aventures mondaines pour se consacrer à son œuvre, il va désormais publier en moyenne trois romans par an. Cet homme débonnaire et généreux, au physique comme au moral, qui aime le luxe, gaspille fastueusement l'argent que lui rapporte ses livres. Pour payer ses dettes, il travaille la nuit, écrit quinze heures de suite en buvant des litres de café, se nourrissant de tartines de sardines et de beurre mélangés, réinventant ses romans sur les épreuves que lui envoient les imprimeurs. Pour échapper à ses créanciers, il se cache, déménage, se déguise... et commence à ressentir des douleurs cardiaques.

À 32 ans, il est célèbre dans toute l'Europe, et s'éprend de la comtesse Hanska, l'une de ses admiratrices. Elle est l'épouse d'un comte russe, vieux et très riche, ce qui, aux yeux du perpétuel désargenté qu'est Balzac, lui donne un charme supplémentaire. La comtesse étant rarement à Paris, leur passion mutuelle s'exprime surtout de façon épistolaire.

La comtesse est enfin veuve en 1841. Pour l'épouser — mais le mariage se trouve sans cesse retardé, madame Hanska étant moins pressée que son soupirant — Balzac est prêt à prendre la nationalité russe (le tsar l'en dispensera), et ne cessera de parcourir l'Europe pour la retrouver. Le 14 mars 1850, en Ukraine, il se marie enfin.

Entre-temps, l'Académie française a refusé de l'accueillir. Son génie s'est tari. Il souffre du cœur et ne parvient plus, malgré le café, à « produire » pour calmer ses créanciers et les directeurs de journaux, qui lui réclament des chapitres payés d'avance. Son mariage le comble mais c'est un homme usé, épuisé, qui revient à Paris. Il doit s'aliter.

Son ami Victor Hugo lui rend une dernière visite le 18 août 1850. Quelques heures plus tard, à 51 ans, meurt Honoré de Balzac. Il n'a pas achevé l'œuvre gigantesque qu'il s'était fixée. Mais il a inventé, en moins de vingt années, 2 500 personnages, parmi lesquels certains sont devenus universels.

Il a révolutionné le roman français, lui apportant une dimension que l'on ne retrouve que chez les grands romanciers russes et anglo-saxons : une façon de préparer lentement le lecteur puis d'accélérer les scènes jusqu'à leur fin rapide, une grande maîtrise dans les découpages de l'intrigue, et la mise en avant de détails symboliques... Avant Zola, il a

décrit une société hantée par l'argent, avant
Freud il a démonté le mécanisme des passions,
mêlant dans son univers romanesque tous les
genres, poésie, drame, comédie, et panorama
social.

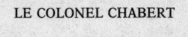

LE COLONEL CHABERT

À Madame la Comtesse
Ida de Bocarmé
née du Chasteler

« Allons ! encore notre vieux carrick ! »

Cette exclamation échappait à un clerc appartenant au genre de ceux qu'on appelle dans les études des *saute-ruisseaux*, et qui mordait en ce moment de fort bon appétit dans un morceau de pain ; il en arracha un peu de mie pour faire une boulette et la lança railleusement par le vasistas d'une fenêtre sur laquelle il s'appuyait. Bien dirigée, la boulette rebondit presque à la hauteur de la croisée, après avoir frappé le chapeau d'un inconnu qui traversait la cour d'une maison située rue Vivienne, où demeurait maître Derville, avoué.

« Allons, Simonnin, ne faites donc pas de sottises aux gens, ou je vous mets à la porte. Quelque pauvre que soit un client, c'est toujours un homme, que diable ! » dit le Maître clerc en interrompant l'addition d'un mémoire de frais.

Le saute-ruisseau est généralement, comme était Simonnin, un garçon de treize à quatorze ans, qui dans toutes les études se trouve sous la domination spéciale du principal clerc, dont les commissions et les billets doux l'occupent tout en allant porter des exploits chez les huissiers et les placets au Palais. Il tient au gamin de Paris par ses mœurs, et à la chicane par sa destinée. Cet enfant est presque toujours sans pitié, sans frein, indisciplinable, faiseur de couplets, goguenard, avide et paresseux. Néanmoins, presque tous les petits clercs ont une vieille mère logée à un cinquième étage, avec laquelle ils partagent les trente ou quarante francs qui leur sont alloués par mois.

« Si c'est un homme, pourquoi l'appelez-vous *vieux carrick ?* » dit Simonnin de l'air de l'écolier qui prend son maître en faute.

Et il se remit à manger son pain et son fromage en accotant son épaule sur le montant de la fenêtre ; car il se reposait debout, ainsi que les chevaux de coucou, l'une de ses jambes relevée et appuyée contre l'autre, sur le bout du soulier.

« Quel tour pourrions-nous jouer à ce chinois-là ? » dit à voix basse le troisième clerc nommé Godeschal en s'arrêtant au milieu d'un raisonnement qu'il engendrait dans une requête grossoyée par le quatrième clerc et dont les copies étaient faites par deux néophytes venus de province.

Puis il continua son improvisation :

— ... *Mais, dans sa noble et bienveillante sagesse, Sa Majesté Louis Dix-Huit...* (mettez en toutes lettres, hé ! Desroches le savant qui faites la Grosse !), *au moment où Elle reprit les rênes de son royaume, com*prit... (qu'est-ce qu'il comprit, ce gros farceur-là ?) *la haute mission à laquelle Elle était appelée par la divine Providence !...* (point admiratif et six points : on est assez religieux au Palais pour nous les passer), *et sa première pensée fut, ainsi que le prouve la date de l'ordonnance ci-dessous désignée, de réparer les infortunes causées par les affreux et tristes désastres de nos temps révolutionnaires, en restituant à ses fidèles et nombreux serviteurs* (nombreux est une flatterie qui doit plaire au tribunal) *tous leurs biens non vendus, soit qu'ils se trouvassent dans le domaine public, soit qu'ils se trouvassent dans le domaine ordinaire ou extraordinaire de la couronne, soit enfin qu'ils se trouvassent dans les dotations d'établissements publics, car nous sommes et nous nous préten- dons habiles à soutenir que tel est l'esprit et le sens de la fameuse et si loyale ordonnance rendue en...* « Attendez, dit Godeschal aux trois clercs, cette scélérate de phrase a rempli la fin de ma page. — Eh bien, reprit-il en mouillant de sa langue le dos du cahier afin de pouvoir tourner la page épaisse de son papier timbré, eh bien, si vous voulez lui faire une farce, il faut lui dire que le patron ne peut parler à ses clients qu'entre deux et trois heures du matin : nous verrons s'il viendra, le vieux malfaiteur ! »

Et Godeschal reprit la phrase commencée :

« *Rendue en...* Y êtes-vous ? demanda-t-il.

— Oui », crièrent les trois copistes.

Tout marchait à la fois, la requête, la causerie et la conspiration.

« *Rendue en...* Hein ? papa Boucard, quelle est la date de l'ordonnance ? il faut mettre les points sur les i, saquerlotte ! cela fait des pages.

— *Saquerlotte* ! répéta l'un des copistes avant que Boucard le Maître clerc n'eût répondu.

— Comment ! vous avez écrit *saquerlotte* ?

s'écria Godeschal en regardant l'un des nouveaux venus d'un air à la fois sévère et goguenard.

— Mais oui, dit Desroches, le quatrième clerc, en se penchant sur la copie de son voisin, il a écrit : *Il faut mettre les points sur les i*, et *sakerlotte* avec un k. »

Tous les clercs partirent d'un grand éclat de rire.

« Comment ! monsieur Huré, vous prenez *saquerlotte* pour un terme de droit, et vous dites que vous êtes de Mortagne ! s'écria Simonnin.

— Effacez bien ça ! dit le Principal clerc. Si le juge chargé de taxer le dossier voyait des choses pareilles, il dirait qu'*on se moque de la barbouillée* ! Vous causeriez des désagréments au patron. Allons, ne faites plus de ces bêtises-là, monsieur Huré ! Un Normand ne doit pas écrire insouciamment une requête. C'est le *Portez* arme *!* de la basoche.

— *Rendue en... en ?...* demanda Godeschal. Dites-moi donc quand, Boucard ?

— Juin 1814 », répondit le Premier clerc sans quitter son travail.

Un coup frappé à la porte de l'étude interrompit la phrase de la prolixe requête. Cinq clercs bien endentés, aux yeux vifs et railleurs, aux têtes crépues, levèrent le nez vers la porte, après avoir tous crié d'une voix de chantre : « Entrez. » Boucard resta la face ensevelie dans un monceau d'actes, nommés *broutille* en style de Palais, et continua de dresser le mémoire de frais auquel il travaillait.

L'étude était une grande pièce ornée du poêle classique qui garnit tous les antres de la

chicane. Les tuyaux traversaient diagonalement
la chambre et rejoignaient une cheminée
condamnée sur le marbre de laquelle se
voyaient divers morceaux de pain, des triangles
de fromage de Brie, des côtelettes de porc frais,
des verres, des bouteilles, et la tasse de chocolat
du Maître clerc. L'odeur de ces comestibles
s'amalgamait si bien avec la puanteur du poêle
chauffé sans mesure, avec le parfum particulier
aux bureaux et aux paperasses, que la puanteur
d'un renard n'y aurait pas été sensible. Le plancher était déjà couvert de fange et de neige
apportées par les clercs. Près de la fenêtre se
trouvait le secrétaire à cylindre du Principal, et
auquel était adossée la petite table destinée au
second clerc. Le second *faisait* en ce moment le
Palais. Il pouvait être de huit à neuf heures du
matin. L'étude avait pour tout ornement ces
grandes affiches jaunes qui annoncent des sai-
sies immobilières, des ventes, des licitations
entre majeurs et mineurs, des adjudications
définitives ou préparatoires, la gloire des
études ! Derrière le Maître clerc était un énorme
casier qui garnissait le mur du haut en bas, et
dont chaque compartiment était bourré de
liasses d'où pendaient un nombre infini d'éti-
quettes et de bouts de fil rouge qui donnent une
physionomie spéciale aux dossiers de procé-
dure. Les rangs inférieurs du casier étaient
pleins de cartons jaunis par l'usage, bordés de
papier bleu, et sur lesquels se lisaient les noms
des gros clients dont les affaires juteuses se
cuisinaient en ce moment. Les sales vitres de la
croisée laissaient passer peu de jour. D'ailleurs,
au mois de février, il existe à Paris très peu

d'études où l'on puisse écrire sans le secours d'une lampe avant dix heures, car elles sont toutes l'objet d'une négligence assez concevable : tout le monde y va, personne n'y reste, aucun intérêt personnel ne s'attache à ce qui est si banal ; ni l'avoué, ni les plaideurs, ni les clercs ne tiennent à l'élégance d'un endroit qui pour les uns est une classe, pour les autres un passage, pour le maître un laboratoire. Le mobilier crasseux se transmet d'avoué en avoué avec un scrupule si religieux, que certaines études possèdent encore des boîtes à *résidus*, des moules à *tirets*, des sacs provenant des procureurs au *Chlet*, abréviation du mot CHATELET, juridiction qui représentait dans l'ancien ordre de choses le tribunal de première instance actuel. Cette étude obscure, grasse de poussière, avait donc, comme toutes les autres, quelque chose de repoussant pour les plaideurs, et qui en faisait une des plus hideuses monstruosités parisiennes. Certes, si les sacristies humides où les prières se pèsent et se payent comme des épices, si les magasins des revendeuses où flottent des guenilles qui flétrissent toutes les illusions de la vie en nous montrant où aboutissent nos fêtes, si ces deux cloaques de la poésie n'existaient pas, une étude d'avoué serait de toutes les boutiques sociales la plus horrible. Mais il en est ainsi de la maison de jeu, du tribunal, du bureau de loterie et du mauvais lieu. Pourquoi ? Peut-être dans ces endroits le drame, en se jouant dans l'âme de l'homme, lui rend-il les accessoires indifférents : ce qui expliquerait aussi la simplicité des grands penseurs et des grands ambitieux.

« Où est mon canif ?

— Je déjeune !

— Va te faire lanlaire, voilà un pâté sur la requête !

— Chut ! messieurs. »

Ces diverses exclamations partirent à la fois au moment où le vieux plaideur ferma la porte avec cette sorte d'humilité qui dénature les mouvements de l'homme malheureux. L'inconnu essaya de sourire, mais les muscles de son visage se détendirent quand il eut vainement cherché quelques symptômes d'aménité sur les visages inexorablement insouciants des six clercs. Accoutumé sans doute à juger les hommes, il s'adressa fort poliment au saute-ruisseau, en espérant que ce *pâtira* lui répondrait avec douceur.

« Monsieur, votre patron est-il visible ? »

Le malicieux saute-ruisseau ne répondit au pauvre homme qu'en se donnant avec les doigts de la main gauche de petits coups répétés sur l'oreille, comme pour dire : « Je suis sourd. »

« Que souhaitez-vous, monsieur ? demanda Godeschal, qui, tout en faisant cette question, avalait une bouchée de pain avec laquelle on eût pu charger une pièce de quatre, brandissait son couteau, et se croisait les jambes en mettant à la hauteur de son œil celui de ses pieds qui se trouvait en l'air.

— Je viens ici, monsieur, pour la cinquième fois, répondit le patient. Je souhaite parler à M. Derville.

— Est-ce pour affaire ?

— Oui, mais je ne puis l'expliquer qu'à monsieur...

— Le patron dort ; si vous désirez le consulter sur quelques difficultés, il ne travaille sérieusement qu'à minuit. Mais, si vous vouliez nous dire votre cause, nous pourrions, tout aussi bien que lui, vous... »

L'inconnu resta impassible. Il se mit à regarder modestement autour de lui, comme un chien qui, en se glissant dans une cuisine étrangère, craint d'y recevoir des coups. Par une grâce de leur état, les clercs n'ont jamais peur des voleurs ; ils ne soupçonnèrent donc point l'homme au carrick et lui laissèrent observer le local, où il cherchait vainement un siège pour se reposer, car il était visiblement fatigué. Par système, les avoués laissent peu de chaises dans leurs études. Le client vulgaire, lassé d'attendre sur ses jambes, s'en va grognant, mais il ne prend pas un temps qui, suivant le mot d'un vieux procureur, n'est pas admis en *taxe*.

« Monsieur, répondit-il, j'ai déjà eu l'honneur de vous prévenir que je ne pouvais expliquer mon affaire qu'à M. Derville, je vais attendre son lever. »

Boucard avait fini son addition. Il sentit l'odeur de son chocolat, quitta son fauteuil de canne, vint à la cheminée, toisa le vieil homme, regarda le carrick et fit une grimace indescriptible. Il pensa probablement que, de quelque manière que l'on tordît ce client, il serait impossible d'en extraire un centime ; il intervint alors par une parole brève, dans l'intention de débarrasser l'étude d'une mauvaise pratique.

« Ils vous disent la vérité, monsieur. Le patron ne travaille que pendant la nuit. Si votre affaire est grave, je vous conseille de revenir à une heure du matin. »

Le plaideur regarda le Maître clerc d'un air stupide, et demeura pendant un moment immobile. Habitués à tous les changements de physionomie et aux singuliers caprices produits par l'indécision ou par la rêverie qui caractérisent les gens processifs, les clercs continuèrent à manger, en faisant autant de bruit avec leurs mâchoires que doivent en faire des chevaux au râtelier, et ne s'inquiétèrent plus du vieillard.

« Monsieur, je viendrai ce soir », dit enfin le vieux, qui, par une ténacité particulière aux gens malheureux, voulait prendre en défaut l'humanité.

La seule épigramme permise à la Misère est d'obliger la Justice et la Bienfaisance à des dénis injustes. Quand les malheureux ont convaincu la Société de mensonge, ils se rejettent plus vivement dans le sein de Dieu.

« Ne voilà-t-il pas un fameux *crâne* ? dit Simonnin sans attendre que le vieillard eût fermé la porte.

— Il a l'air d'un déterré, reprit le clerc.

— C'est quelque colonel qui réclame un arriéré, dit le Maître clerc.

— Non, c'est un ancien concierge, dit Godeschal.

— Parions qu'il est noble ? s'écria Boucard.

— Je parie qu'il a été portier, répliqua Godeschal. Les portiers sont seuls doués par la nature de carricks usés, huileux et déchiquetés par le bas comme l'est celui de ce vieux bonhomme. Vous n'avez donc vu ni ses bottes éculées qui prennent l'eau, ni sa cravate qui lui sert de chemise ? Il a couché sous les ponts.

— Il pourrait être noble et avoir tiré le cordon, s'écria Desroches. Ça s'est vu !

— Non, reprit Boucard au milieu des rires, je soutiens qu'il a été brasseur en 1789, et colonel sous la République.

— Ah ! je parie un spectacle pour tout le monde qu'il n'a pas été soldat, dit Godeschal.

— Ça va, répliqua Boucard.

— Monsieur ! monsieur ! cria le petit clerc en ouvrant la fenêtre.

— Que fais-tu, Simonnin ? demanda Boucard.

— Je l'appelle pour lui demander s'il est colonel ou portier ; il doit le savoir, lui. »

Tous les clercs se mirent à rire. Quant au vieillard, il remontait déjà l'escalier.

« Qu'allons-nous lui dire ? s'écria Godeschal.

— Laissez-moi faire ! » répondit Boucard.

Le pauvre homme rentra timidement en baissant les yeux, peut-être pour ne pas révéler sa faim en regardant avec trop d'avidité les comestibles.

« Monsieur, lui dit Boucard, voulez-vous avoir la complaisance de nous donner votre nom afin que le patron sache si... ?

— Chabert.

— Est-ce le colonel mort à Eylau ? demanda Huré, qui, n'ayant encore rien dit, était jaloux d'ajouter une raillerie à toutes les autres.

— Lui-même, monsieur », répondit le bonhomme avec une simplicité antique.

Et il se retira.

« Chouit !

— Dégommé !

— Puff !

— Oh !

— Ah !

— Bâoum !

— Ah ! le vieux drôle !

— Trinn la la trinn trinn !

— Enfoncé !

— Monsieur Desroches, vous irez au spectacle sans payer », dit Huré au quatrième clerc en lui donnant sur l'épaule une tape à tuer un rhinocéros.

Ce fut un torrent de cris, de rires et d'exclamations, à la peinture duquel on userait toutes les onomatopées de la langue.

« À quel théâtre irons-nous ?

— À l'Opéra ! s'écria le principal.

— D'abord, reprit Godeschal, le théâtre n'a pas été désigné. Je puis, si je veux, vous mener chez madame Saqui.

— Madame Saqui n'est pas un spectacle.

— Qu'est-ce qu'un spectacle ? reprit Godeschal. Établissons d'abord *le point de fait*. Qu'ai-je parié, messieurs ? Un spectacle. Qu'est-ce qu'un spectacle ? Une chose qu'on voit...

— Mais, dans ce système-là, vous vous acquitteriez donc en nous menant voir l'eau couler sous le pont Neuf ? s'écria Simonnin en interrompant.

— Qu'on voit pour de l'argent, disait Godeschal en continuant.

— Mais on voit pour de l'argent bien des choses qui ne sont pas un spectacle. La définition n'est pas exacte, dit Desroches.

— Mais écoutez-moi donc !

— Vous déraisonnez, mon cher, dit Boucard.

— Curtius est-il un spectacle ? dit Godeschal.

— Non, répondit le maître clerc, c'est un cabinet de figures.

— Je parie cent francs contre un sou, reprit Godeschal, que le cabinet de Curtius constitue l'ensemble de choses auquel est dévolu le nom de spectacle. Il comporte une chose à voir à différents prix, suivant les différentes places où l'on veut se mettre.

— Et *berlik berlok*, dit Simonnin.

— Prends garde que je ne te gifle, toi ! » dit Godeschal.

Les clercs haussèrent les épaules.

« D'ailleurs, il n'est pas prouvé que ce vieux singe ne se soit pas moqué de nous, dit-il en cessant son argumentation étouffée par le rire des autres clercs. En conscience, le colonel Chabert est bien mort, sa femme est remariée au comte Ferraud, conseiller d'État. Madame Ferraud est une des clientes de l'étude !

— La cause est remise à demain, dit Boucard. À l'ouvrage, messieurs ! Sac à papier ! l'on ne fait rien ici. Finissez donc votre requête, elle doit être signifiée avant l'audience de la quatrième chambre. L'affaire se juge aujourd'hui. Allons, à cheval !

— Si c'eût été le colonel Chabert, est-ce qu'il n'aurait pas chaussé le bout de son pied dans le postérieur de ce farceur de Simonnin quand il a fait le sourd ? dit Desroches en regardant cette observation comme plus concluante que celle de Godeschal.

— Puisque rien n'est décidé, reprit Boucard, convenons d'aller aux secondes loges des Français voir Talma dans Néron. Simonnin ira au parterre. »

Là-dessus, le maître clerc s'assit à son bureau, et chacun l'imita.

« *Rendue en juin mil huit cent quatorze* (en toutes lettres), dit Godeschal. Y êtes-vous ?

— Oui, répondirent les deux copistes et le grossoyeur, dont les plumes commencèrent à crier sur le papier timbré en faisant dans l'étude le bruit de cent hannetons enfermés par des écoliers dans des cornets de papier.

— *Et nous espérons que Messieurs composant le tribunal...*, dit l'improvisateur. — Halte ! il faut que je relise ma phrase, je ne me comprends plus moi-même.

— Quarante-six.... (Ça doit arriver souvent !...) et trois quarante-neuf, dit Boucard.

— *Nous espérons*, reprit Godeschal après avoir tout relu, que *Messieurs composant le tribunal ne seront pas moins grands que ne l'est l'auguste auteur de l'ordonnance, et qu'ils feront justice des misérables prétentions de l'administration de la grande chancellerie de la Légion d'honneur en fixant la jurisprudence dans le sens large que nous établissons ici...*

— Monsieur Godeschal, voulez-vous un verre d'eau ? dit le petit clerc.

— Ce farceur de Simonnin ! dit Boucard. — Tiens, apprête tes chevaux à double semelle, prends ce paquet, et valse jusqu'aux Invalides.

— *Que nous établissons ici*, reprit Godeschal. Ajoutez : *dans l'intérêt de madame...* (en toutes lettres) *la vicomtesse de Grandlieu...*

— Comment ! s'écria le maître clerc, vous vous avisez de faire des requêtes dans l'affaire vicomtesse de Grandlieu contre Légion d'honneur, une affaire pour compte d'étude, entre-

prise à forfait ? Ah ! vous êtes un fier nigaud !
Voulez-vous bien me mettre de côté vos copies
et votre minute, gardez-moi cela pour l'affaire
Navarreins contre les Hospices. Il est tard, je
vais faire un bout de placet, avec des *attendu,* et
j'irai moi-même au Palais... »

Cette scène représente un des mille plaisirs
qui, plus tard, font dire en pensant à la jeunesse : « C'était le bon temps ! »

Vers une heure du matin, le prétendu colonel
Chabert vint frapper à la porte de maître Derville, avoué près le tribunal de première instance du département de la Seine. Le portier lui
répondit que M. Derville n'était pas rentré. Le
vieillard allégua le rendez-vous et monta chez
ce célèbre légiste, qui, malgré sa jeunesse, passait pour être une des plus fortes têtes du
Palais. Après avoir sonné, le défiant sollliciteur
ne fut pas médiocrement étonné de voir le premier clerc occupé à ranger sur la table de la
salle à manger de son patron les nombreux
dossiers des affaires qui *venaient* le lendemain
en ordre utile. Le clerc, non moins étonné,
salua le colonel en le priant de s'asseoir : ce que
fit le plaideur.

« Ma foi, monsieur, j'ai cru que vous plaisan-
tiez hier en m'indiquant une heure si matinale
pour une consultation, dit le vieillard avec la
fausse gaieté d'un homme ruiné qui s'efforce de
sourire.

— Les clercs plaisantaient et disaient vrai
tout ensemble, répondit le Principal en continuant son travail. M. Derville a choisi cette
heure pour examiner ses causes, en résumer les
moyens, en ordonner la conduite, en disposer

les *défenses*. Sa prodigieuse intelligence est plus libre en ce moment, le seul où il obtienne le silence et la tranquillité nécessaires à la conception des bonnes idées. Vous êtes, depuis qu'il est avoué, le troisième exemple d'une consultation donnée à cette heure nocturne. Après être rentré, le patron discutera chaque affaire, lira tout, passera peut-être quatre ou cinq heures à sa besogne ; puis il me sonnera et m'expliquera ses intentions. Le matin, de dix heures à deux heures, il écoute ses clients, puis il emploie le reste de la journée à ses rendez-vous. Le soir, il va dans le monde pour y entretenir ses relations. Il n'a donc que la nuit pour creuser ses procès, fouiller les arsenaux du Code et faire ses plans de bataille. Il ne veut pas perdre une seule cause, il a l'amour de son art. Il ne se charge pas, comme ses confrères, de toute espèce d'affaire. Voilà sa vie, qui est singulièrement active. Aussi gagne-t-il beaucoup d'argent. »

En entendant cette explication, le vieillard resta silencieux, et sa bizarre figure prit une expression si dépourvue d'intelligence, que le clerc, après l'avoir regardé, ne s'occupa plus de lui. Quelques instants après, Derville rentra, mis en costume de bal ; son maître clerc lui ouvrit la porte, et se remit à achever le classement des dossiers. Le jeune avoué demeura pendant un moment stupéfait en entrevoyant dans le clair-obscur le singulier client qui l'attendait. Le colonel Chabert était aussi parfaitement immobile que peut l'être une figure de cire de ce cabinet de Curtius où Godeschal avait voulu mener ses camarades. Cette immobilité n'aurait peut-être pas été un sujet d'éton-

nement, si elle n'eût complété le spectacle surnaturel que présentait l'ensemble du
personnage. Le vieux soldat était sec et maigre.
Son front, volontairement caché sous les cheveux de sa perruque lisse, lui donnait quelque
chose de mystérieux. Ses yeux paraissaient cou-
verts d'une taie transparente : vous eussiez dit
de la nacre sale dont les reflets bleuâtres cha-
toyaient à la lueur des bougies. Le visage, pâle,
livide et en lame de couteau, s'il est permis
d'emprunter cette expression vulgaire, semblait
mort. Le cou était serré par une mauvaise cravate de soie noire. L'ombre cachait si bien le
corps à partir de la ligne brune que décrivait ce
haillon, qu'un homme d'imagination aurait pu
prendre cette vieille tête pour quelque sil-
houette due au hasard, ou pour un portrait de
Rembrandt, sans cadre. Les bords du chapeau
qui couvrait le front du vieillard projetaient un
sillon noir sur le haut du visage. Cet effet
bizarre, quoique naturel, faisait ressortir, par la
brusquerie du contraste, les rides blanches, les
sinuosités froides, le sentiment décoloré de
cette physionomie cadavéreuse. Enfin l'absence
de tout mouvement dans le corps, de toute chaleur dans le regard, s'accordait avec une certaine expression de démence triste, avec les
dégradants symptômes par lesquels se caractérise l'idiotisme, pour faire de cette figure je ne
sais quoi de funeste qu'aucune parole humaine
ne pourrait exprimer. Mais un observateur, et
surtout un avoué, aurait trouvé de plus en cet
homme foudroyé les signes d'une douleur profonde, les indices d'une misère qui avait
dégradé ce visage, comme les gouttes d'eau

tombées du ciel sur un beau marbre l'ont à la longue défiguré. Un médecin, un auteur, un magistrat, eussent pressenti tout un drame à l'aspect de cette sublime horreur dont le moindre mérite était de ressembler à ces fantaisies que les peintres s'amusent à dessiner au bas de leurs pierres lithographiques en causant avec leurs amis.

En voyant l'avoué, l'inconnu tressaillit par un mouvement convulsif semblable à celui qui échappe aux poètes quand un bruit inattendu vient les détourner d'une féconde rêverie, au milieu du silence et de la nuit. Le vieillard se découvrit promptement et se leva pour saluer le jeune homme ; le cuir qui garnissait l'intérieur de son chapeau étant sans doute fort gras, sa perruque y resta collée sans qu'il s'en aperçût, et laissa voir à nu son crâne horriblement mutilé par une cicatrice transversale qui prenait à l'occiput et venait mourir à l'œil droit, en formant partout une grosse couture saillante. L'enlèvement soudain de cette perruque sale, que le pauvre homme portait pour cacher sa blessure, ne donna nulle envie de rire aux deux gens de loi, tant ce crâne fendu était épouvantable à voir. La première pensée que suggérait l'aspect de cette blessure était celle-ci : « Par là s'est enfuie l'intelligence ! »

« Si ce n'est pas le colonel Chabert, ce doit être un fier troupier ! pensa Boucard.

— Monsieur, lui dit Derville, à qui ai-je l'honneur de parler ?

— Au colonel Chabert.

— Lequel ?

— Celui qui est mort à Eylau », répondit le vieillard.

En entendant cette singulière phrase, le clerc et l'avoué se jetèrent un regard qui signifiait : « C'est un fou ! »

« Monsieur, reprit le colonel, je désirerais ne confier qu'à vous le secret de ma situation. »

Une chose digne de remarque est l'intrépidité naturelle aux avoués. Soit l'habitude de recevoir un grand nombre de personnes, soit le profond sentiment de la protection que les lois leur accordent, soit confiance en leur ministère, ils entrent partout sans rien craindre, comme les prêtres et les médecins. Derville fit un signe à Boucard, qui disparut.

« Monsieur, reprit l'avoué, pendant le jour je ne suis pas trop avare de mon temps ; mais au milieu de la nuit les minutes me sont précieuses. Ainsi, soyez bref et concis. Allez au fait sans digression. Je vous demanderai moi-même les éclaircissements qui me sembleront nécessaires. Parlez. »

Après avoir fait asseoir son singulier client, le jeune homme s'assit lui-même devant la table ; mais, tout en prêtant son attention au discours du feu colonel, il feuilleta ses dossiers.

« Monsieur, dit le défunt, peut-être savez-vous que je commandais un régiment de cavalerie à Eylau. J'ai été pour beaucoup dans le succès de la célèbre charge que fit Murat, et qui décida le gain de la bataille. Malheureusement pour moi, ma mort est un fait historique consigné dans les *Victoires et Conquêtes*, où elle est rapportée en détail. Nous fendîmes en deux les trois lignes russes, qui, s'étant aussitôt reformées, nous obligèrent à les retraverser en sens contraire. Au moment où nous revenions vers l'empereur, après avoir dispersé les Russes, je rencontrai un gros de cavalerie ennemie. Je me précipitai sur ces entêtés-là. Deux officiers russes, deux vrais géants, m'attaquèrent à la fois. L'un d'eux m'appliqua sur la tête un coup de sabre qui fendit tout, jusqu'à un bonnet de soie noire que j'avais sur la tête, et m'ouvrit profondément le crâne. Je tombai de cheval. Murat vint à mon secours, il me passa sur le corps, lui et tout son monde, quinze cents hommes, excusez du peu ! Ma mort fut annoncée à l'empereur, qui, par prudence (il m'aimait un peu, le patron !), voulut savoir s'il n'y aurait pas quelque chance de sauver l'homme auquel il était redevable de cette vigoureuse attaque. Il envoya, pour me reconnaître et me rapporter aux ambulances, deux chirurgiens en leur disant, peut-être trop négligemment, car il avait de l'ouvrage : "Allez donc voir si, par hasard, mon pauvre Chabert vit encore." Ces sacrés carabins, qui venaient de me voir foulé aux pieds par les chevaux de deux régiments, se dispensèrent sans doute de me tâter le pouls et dirent que j'étais bien mort. L'acte de mon décès fut donc probablement dressé d'après les règles établies par la jurisprudence militaire. »

En entendant son client s'exprimer avec une lucidité parfaite et raconter des faits si vraisemblables, quoique étranges, le jeune avoué laissa ses dossiers, posa son coude gauche sur la table, se mit la tête dans la main et regarda le colonel fixement.

« Savez-vous, monsieur, lui dit-il en l'interrompant, que je suis l'avoué de la comtesse Ferraud, veuve du colonel Chabert ?

— Ma femme ! Oui, monsieur. Aussi, après
cent démarches infructueuses chez des gens de
loi qui m'ont tous pris pour un fou, me suis-je
déterminé à venir vous trouver. Je vous parlerai
de mes malheurs plus tard. Laissez-moi d'abord
vous établir les faits, vous expliquer plutôt
comme ils ont dû se passer, que comme ils sont
arrivés. Certaines circonstances, qui ne doivent
être connues que du Père éternel, m'obligent à
en présenter plusieurs comme des hypothèses.
Donc, monsieur, les blessures que j'ai reçues
auront probablement produit un tétanos, ou
m'auront mis dans une crise analogue à une
maladie nommée, je crois, catalepsie. Autrement, comment concevoir que j'aie été, suivant
l'usage de la guerre, dépouillé de mes vêtements, et jeté dans la fosse aux soldats par les
gens chargés d'enterrer les morts ? Ici, permet-
tez-moi de placer un détail que je n'ai pu
connaître que postérieurement à l'événement
qu'il faut bien appeler ma mort. J'ai rencontré,
en 1814, à Stuttgart, un ancien maréchal des
logis de mon régiment. Ce cher homme, le seul
qui ait voulu me reconnaître, et de qui je vous
parlerai tout à l'heure, m'expliqua le phéno-
mène de ma conservation en me disant que
mon cheval avait reçu un boulet dans le flanc
au moment où je fus blessé moi-même. La bête
et le cavalier s'étaient donc abattus comme des
capucins de cartes. En me renversant, soit à
droite, soit à gauche, j'avais été sans doute couvert par le corps de mon cheval, qui m'empêcha
d'être écrasé par les chevaux, ou atteint par des
boulets. Lorsque je revins à moi, monsieur,
j'étais dans une position et dans une atmo-

sphère dont je ne vous donnerais pas une idée
en vous entretenant jusqu'à demain. Le peu
d'air que je respirais était méphitique. Je voulus
me mouvoir et ne trouvai point d'espace. En
ouvrant les yeux, je ne vis rien. La rareté de l'air
fut l'accident le plus menaçant, et qui m'éclaira
le plus vivement sur ma position. Je compris
que là où j'étais, l'air ne se renouvelait point et
que j'allais mourir. Cette pensée m'ôta le sentiment de la douleur inexprimable par laquelle
j'avais été réveillé. Mes oreilles tintèrent violemment. J'entendis, ou je crus entendre, je ne veux
rien affirmer, des gémissements poussés par le
monde de cadavres au milieu duquel je gisais.
Quoique la mémoire de ces moments soit bien
ténébreuse, quoique mes souvenirs soient bien
confus, malgré les impressions de souffrances
encore plus profondes que je devais éprouver et
qui ont brouillé mes idées, il y a des nuits où je
crois encore entendre ces soupirs étouffés !
Mais il y a eu quelque chose de plus horrible
que les cris, un silence que je n'ai jamais retrouvé nulle part, le vrai silence du tombeau.
Enfin, en levant les mains, en tâtant les morts,
je reconnus un vide entre ma tête et le fumier
humain supérieur. Je pus donc mesurer
l'espace qui m'avait été laissé par un hasard
dont la cause m'était inconnue. Il paraît que,
grâce à l'insouciance ou à la précipitation avec
laquelle on nous avait jetés pêle-mêle, deux
morts s'étaient croisés au-dessus de moi de
manière à décrire un angle semblable à celui de
deux cartes mises l'une contre l'autre par un
enfant qui pose les fondements d'un château.
En furetant avec promptitude, car il ne fallait

pas flâner, je rencontrai fort heureusement un
bras qui ne tenait à rien, le bras d'un Hercule !
un bon os auquel je dus mon salut. Sans ce
secours inespéré, je périssais ! Mais, avec une
rage que vous devez concevoir, je me mis à
travailler les cadavres qui me séparaient de la
couche de terre sans doute jetée sur nous, je dis
nous, comme s'il y eût eu des vivants ! J'y allais
ferme, monsieur, car me voici ! Mais je ne sais
pas aujourd'hui comment j'ai pu parvenir à per-
cer la couverture de chair qui mettait une barrière entre la vie et moi. Vous me direz que
j'avais trois bras ! Ce levier, dont je me servais
avec habileté, me procurait toujours un peu de
l'air qui se trouvait entre les cadavres que je
déplaçais, et je ménageais mes aspirations.
Enfin je vis le jour, mais à travers la neige,
monsieur ! En ce moment, je m'aperçus que
j'avais la tête ouverte. Par bonheur, mon sang,
celui de mes camarades ou la peau meurtrie de
mon cheval peut-être, que sais-je ! m'avait, en se
coagulant, comme enduit d'un emplâtre naturel. Malgré cette croûte, je m'évanouis quand
mon crâne fut en contact avec la neige. Cependant, le peu de chaleur qui me restait ayant fait
fondre la neige autour de moi, je me trouvai,
quand je repris connaissance, au centre d'une
petite ouverture par laquelle je criai aussi longtemps que je pus. Mais alors le soleil se levait,
j'avais donc bien peu de chances pour être
entendu. Y avait-il déjà du monde aux champs ?
Je me haussais en faisant de mes pieds un res-
sort dont le point d'appui était sur les défunts
qui avaient les reins solides. Vous sentez que ce
n'était pas le moment de leur dire : *Respect au*

courage malheureux ! Bref, monsieur, après
avoir eu la douleur, si le mot peut rendre ma
rage, de voir pendant longtemps, oh ! oui, longtemps ! ces sacrés Allemands se sauvant en
entendant une voix là où ils n'apercevaient
point d'homme, je fus enfin dégagé par une
femme assez hardie ou assez curieuse pour
s'approcher de ma tête, qui semblait avoir
poussé hors de terre comme un champignon.
Cette femme alla chercher son mari, et tous
deux me transportèrent dans leur pauvre
baraque. Il paraît que j'eus une rechute de catalepsie, passez-moi cette expression pour vous
peindre un état duquel je n'ai nulle idée, mais
que j'ai jugé, sur les dires de mes hôtes, devoir
être un effet de cette maladie. Je suis resté
pendant six mois entre la vie et la mort, ne
parlant pas, ou déraisonnant quand je parlais.
Enfin mes hôtes me firent admettre à l'hôpital
d'Heilsberg. Vous comprenez, monsieur, que
j'étais sorti du ventre de la fosse aussi nu que de
celui de ma mère ; en sorte que, six mois après,
quand, un beau matin, je me souvins d'avoir été
le colonel Chabert, et qu'en recouvrant ma raison je voulus obtenir de ma garde plus de respect qu'elle n'en accordait à un pauvre diable,
tous mes camarades de chambrée se mirent à
rire. Heureusement pour moi, le chirurgien
avait répondu, par amour-propre, de ma guéri-
son, et s'était naturellement intéressé à son
malade. Lorsque je lui parlai d'une manière
suivie de mon ancienne existence, ce brave
homme, nommé Sparchmann, fit constater,
dans les formes juridiques voulues par le droit
du pays, la manière miraculeuse dont j'étais

sorti de la fosse des morts, le jour et l'heure où j'avais été trouvé par ma bienfaitrice et par son mari ; le genre, la position exacte de mes blessures, en joignant à ces différents procès-verbaux une description de ma personne. Eh bien, monsieur, je n'ai ni ces pièces importantes, ni la déclaration que j'ai faite chez un notaire d'Heilsberg, en vue d'établir mon identité ! Depuis le jour où je fus chassé de cette ville par les événements de la guerre, j'ai constamment erré comme un vagabond, mendiant mon pain, traité de fou lorsque je racontais mon aventure, et sans avoir ni trouvé ni gagné un sou pour me procurer les actes qui pouvaient prouver mes dires, et me rendre à la vie sociale. Souvent, mes douleurs me retenaient durant des semestres entiers dans de petites villes où l'on prodiguait des soins au Français malade, mais où l'on riait au nez de cet homme dès qu'il prétendait être le colonel Chabert. Pendant longtemps, ces rires, ces doutes me mettaient dans une fureur qui me nuisit et me fit même enfermer comme fou à Stuttgart. À la vérité, vous pouvez juger, d'après mon récit, qu'il y avait des raisons suffisantes pour faire coffrer un homme ! Après deux ans de détention que je fus obligé de subir, après avoir entendu mille fois mes gardiens disant : "Voilà un pauvre homme qui croit être le colonel Chabert !" à des gens qui répondaient : "Le pauvre homme !" je fus convaincu de l'impossibilité de ma propre aventure, je devins triste, résigné, tranquille, et renonçai à me dire le colonel Chabert, afin de pouvoir sortir de prison et revoir la France. Oh ! monsieur, revoir Paris ! c'était un délire que je ne... »

À cette phrase inachevée, le colonel Chabert tomba dans une rêverie profonde que Derville respecta.

« Monsieur, un beau jour, reprit le client, un jour de printemps, on me donna la clef des champs et dix thalers, sous prétexte que je parlais très sensément sur toute sorte de sujets et que je ne me disais plus le colonel Chabert. Ma foi, vers cette époque, et encore aujourd'hui, par moments, mon nom m'est désagréable. Je voudrais n'être pas moi. Le sentiment de mes droits me tue. Si ma maladie m'avait ôté tout souvenir de mon existence passée, j'aurais été heureux ! J'eusse repris du service sous un nom quelconque, et, qui sait ? je serais peut-être devenu feld-maréchal en Autriche ou en Russie.

— Monsieur, dit l'avoué, vous brouillez toutes mes idées. Je crois rêver en vous écoutant. De grâce, arrêtons-nous pendant un moment.

— Vous êtes, dit le colonel d'un air mélancolique, la seule personne qui m'ait si patiemment écouté. Aucun homme de loi n'a voulu m'avancer dix napoléons afin de faire venir d'Allemagne les pièces nécessaires pour commencer mon procès...

— Quel procès ? dit l'avoué, qui oubliait la situation douloureuse de son client en entendant le récit de ses misères passées.

— Mais, monsieur, la comtesse Ferraud n'est-elle pas ma femme ? Elle possède trente mille livres de rente qui m'appartiennent, et ne veut pas me donner deux liards. Quand je dis ces choses à des avoués, à des hommes de bon sens ; quand je propose, moi, mendiant, de plaider contre un comte et une comtesse ; quand je m'élève, moi, mort, contre un acte de décès, un acte de mariage et des actes de naissance, ils m'éconduisent, suivant leur caractère, soit avec un air froidement poli que vous savez prendre pour vous débarrasser d'un malheureux, soit brutalement, en gens qui croient rencontrer un intrigant ou un fou. J'ai été enterré sous les morts ; mais, maintenant, je suis enterré sous des vivants, sous des actes, sous des faits, sous la société tout entière, qui veut me faire rentrer sous terre !

— Monsieur, veuillez poursuivre maintenant, dit l'avoué.

— *Veuillez,* s'écria le malheureux vieillard en prenant la main du jeune homme, voilà le premier mot de politesse que j'entends depuis... »

Le colonel pleura. La reconnaissance étouffa sa voix. Cette pénétrante et indicible éloquence qui est dans le regard, dans le geste, dans le silence même, acheva de convaincre Derville et le toucha vivement.

« Écoutez, monsieur, dit-il à son client, j'ai gagné ce soir trois cents francs au jeu ; je puis bien employer la moitié de cette somme à faire le bonheur d'un homme. Je commencerai les poursuites et diligences nécessaires pour vous procurer les pièces dont vous me parlez, et, jusqu'à leur arrivée, je vous remettrai cent sous par jour. Si vous êtes le colonel Chabert, vous saurez pardonner la modicité du prêt à un jeune homme qui a sa fortune à faire. Poursuivez. »

Le prétendu colonel resta pendant un moment immobile et stupéfait : son extrême

malheur avait sans doute détruit ses croyances.
S'il courait après son illustration militaire,
après sa fortune, après lui-même, peut-être
était-ce pour obéir à ce sentiment inexplicable,
en germe dans le cœur de tous les hommes, et
auquel nous devons les recherches des
alchimistes, la passion de la gloire, les découvertes de l'astronomie, de la physique, tout ce
qui pousse l'homme à se grandir en se multi-
pliant par les faits ou par les idées. L'*ego*, dans
sa pensée, n'était plus qu'un objet secondaire,
de même que la vanité du triomphe ou le plaisir
du gain deviennent plus chers au parieur que ne
l'est l'objet du pari. Les paroles du jeune avoué
furent donc comme un miracle pour cet
homme rebuté pendant dix années par sa
femme, par la justice, par la création sociale
entière. Trouver chez un avoué ces dix pièces
d'or qui lui avaient été refusées pendant si longtemps, par tant de personnes et de tant de
manières ! Le colonel ressemblait à cette dame
qui, ayant eu la fièvre durant quinze années,
crut avoir changé de maladie le jour où elle fut
guérie. Il est des félicités auxquelles on ne croit
plus ; elles arrivent, c'est la foudre, elles
consument. Aussi la reconnaissance du pauvre
homme était-elle trop vive pour qu'il pût l'exprimer. Il eût paru froid aux gens superficiels,
mais Derville devina toute une probité dans
cette stupeur. Un fripon aurait eu de la voix.

« Où en étais-je ? dit le colonel avec la naïveté
d'un enfant ou d'un soldat, car il y a souvent de
l'enfant dans le vrai soldat, et presque toujours
du soldat chez l'enfant, surtout en France.

— À Stuttgart. Vous sortiez de prison, répondit l'avoué.

— Vous connaissez ma femme ? demanda le colonel.

— Oui, répliqua Derville en inclinant la tête.

— Comment est-elle ?

— Toujours ravissante. »

Le vieillard fit un signe de main, et parut dévorer quelque secrète douleur avec cette résignation grave et solennelle qui caractérise les hommes éprouvés dans le sang et le feu des champs de bataille.

« Monsieur », dit-il avec une sorte de gaieté ; car il respirait, ce pauvre colonel, il sortait une seconde fois de la tombe, il venait de fondre une couche de neige moins soluble que celle qui jadis lui avait glacé la tête, et il aspirait l'air comme s'il quittait un cachot ; « monsieur, dit-il, si j'avais été joli garçon, aucun de mes malheurs ne me serait arrivé. Les femmes croient les gens quand ils farcissent leurs phrases du mot amour. Alors elles trottent, elles vont, elles se mettent en quatre, elles intriguent, elles affirment les faits, elles font le diable pour celui qui leur plaît. Comment aurais-je pu intéresser une femme ? j'avais une face de *Requiem*, j'étais vêtu comme un sans-culotte, je ressemblais plutôt à un Esquimau qu'à un Français, moi qui jadis passais pour le plus joli des muscadins, en 1799 ! moi, Chabert, comte de l'Empire ! Enfin, le jour même où l'on me jeta sur le pavé comme un chien, je rencontrai le maréchal des logis de qui je vous ai déjà parlé. Le camarade se nommait Boutin. Le pauvre diable et moi faisions la plus belle paire de rosses que j'aie jamais vue ; je l'aperçus à la promenade, si je le reconnus, il lui fut impos-

sible de deviner qui j'étais. Nous allâmes
ensemble dans un cabaret. Là, quand je me
nommai, la bouche de Boutin se fendit en éclat
de rire comme un mortier qui crève. Cette
gaieté, monsieur, me causa l'un de mes plus vifs
chagrins ! Elle me révélait sans fard tous les
changements qui étaient survenus en moi !
J'étais donc méconnaissable, même pour l'œil
du plus humble et du plus reconnaissant de
mes amis ! jadis j'avais sauvé la vie à Boutin,
mais c'était une revanche que je lui devais. Je ne
vous dirai pas comment il me rendit ce service.
La scène eut lieu en Italie, à Ravenne. La maison où Boutin m'empêcha d'être poignardé
n'était pas une maison fort décente. À cette
époque, je n'étais pas colonel, j'étais simple
cavalier, comme Boutin. Heureusement, cette
histoire comportait des détails qui ne pouvaient
être connus que de nous seuls, et, quand je les
lui rappelai, son incrédulité diminua. Puis je lui
contai les accidents de ma bizarre existence.
Quoique mes yeux, ma voix fussent, me dit-il,
singulièrement altérés, que je n'eusse plus ni
cheveux, ni dents, ni sourcils, que je fusse blanc
comme un albinos, il finit par retrouver son
colonel dans le mendiant, après mille interroga-
tions auxquelles je répondis victorieusement. Il
me raconta ses aventures, elles n'étaient pas
moins extraordinaires que les miennes : il revenait des confins de la Chine, où il avait voulu
pénétrer après s'être échappé de la Sibérie. Il
m'apprit les désastres de la campagne de Russie
et la première abdication de Napoléon. Cette
nouvelle est une des choses qui m'ont fait le
plus de mal ! Nous étions deux débris curieux,

après avoir ainsi roulé sur le globe comme roulent dans l'Océan les cailloux emportés d'un rivage à l'autre, par les tempêtes. À nous deux, nous avions vu l'Égypte, la Syrie, l'Espagne, la Russie, la Hollande, l'Allemagne, l'Italie, la Dalmatie, l'Angleterre, la Chine, la Tartarie, la Sibérie ; il ne nous manquait que d'être allés dans les Indes et en Amérique ! Enfin, plus ingambe que je ne l'étais, Boutin se chargea d'aller à Paris le plus lestement possible afin d'instruire ma femme de l'état dans lequel je me trouvais. J'écrivis à Mme Chabert une lettre bien détaillée. C'était la quatrième, monsieur ! Si j'avais eu des parents, tout cela ne serait peut-être pas arrivé ; mais, il faut vous l'avouer, je suis un enfant d'hôpital, un soldat qui pour patrimoine avait son courage, pour famille tout le monde, pour patrie la France, pour tout protecteur le bon Dieu. Je me trompe ! j'avais un père, l'empereur ! Ah ! s'il était debout, le cher homme ! et qu'il vît *son Chabert*, comme il me nommait, dans l'état où je suis, mais il se mettrait en colère. Que voulez-vous ! notre soleil s'est couché, nous avons tous froid maintenant. Après tout, les événements politiques pouvaient justifier le silence de ma femme ! Boutin partit. Il était bien heureux, lui ! Il avait deux ours blancs supérieurement dressés qui le faisaient vivre. Je ne pouvais l'accompagner ; mes douleurs ne me permettaient pas de faire de longues étapes. Je pleurai, monsieur, quand nous nous séparâmes, après avoir marché aussi longtemps que mon état put me le permettre, en compagnie de ses ours et de lui. À Carlsruhe, j'eus un accès de névralgie à la tête, et restai six semaines sur la

paille dans une auberge ! Je ne finirais pas,
monsieur, s'il fallait vous raconter tous les malheurs de ma vie de mendiant. Les souffrances
morales, auprès desquelles pâlissent les douleurs physiques, excitent cependant moins de
pitié, parce qu'on ne les voit point. Je me souviens d'avoir pleuré devant un hôtel de Stras-
bourg où j'avais donné jadis une fête, et où je
n'obtins rien, pas même un morceau de pain.
Ayant déterminé, de concert avec Boutin, l'iti-
néraire que je devais suivre, j'allais à chaque
bureau de poste demander s'il y avait une lettre
et de l'argent pour moi. Je vins jusqu'à Paris
sans avoir rien trouvé. Combien de désespoirs
ne m'a-t-il pas fallu dévorer ! "Boutin sera
mort", me disais-je. En effet, le pauvre diable
avait succombé à Waterloo. J'appris sa mort
plus tard et par hasard. Sa mission auprès de
ma femme fut sans doute infructueuse. Enfin
j'entrai dans Paris, en même temps que les
Cosaques. Pour moi, c'était douleur sur douleur. En voyant les Russes en France, je ne
pensais plus que je n'avais ni souliers aux pieds
ni argent dans ma poche. Oui, monsieur, mes
vêtements étaient en lambeaux. La veille de
mon arrivée, je fus forcé de bivouaquer dans les
bois de Claye. La fraîcheur de la nuit me causa
sans doute un accès de je ne sais quelle maladie, qui me prit quand je traversai le faubourg
Saint-Martin. Je tombai presque évanoui à la
porte d'un marchand de fer. Quand je me réveil-
lai, j'étais dans un lit de l'Hôtel-Dieu. Là, je
restai pendant un mois assez heureux. Je fus
bientôt renvoyé ; j'étais sans argent, mais bien
portant et sur le bon pavé de Paris. Avec quelle

joie et quelle promptitude j'allai rue du Mont-
Blanc, où ma femme devait être logée dans un
hôtel à moi ! Bah ! la rue du Mont-Blanc était
devenue la rue de la Chaussée-d'Antin. Je n'y vis
plus mon hôtel, il avait été vendu, démoli. Des
spéculateurs avaient bâti plusieurs maisons
dans mes jardins. Ignorant que ma femme fût
mariée à M. Ferraud, je ne pouvais obtenir
aucun renseignement. Enfin je me rendis chez
un vieil avocat qui jadis était chargé de mes
affaires. Le bonhomme était mort après avoir
cédé sa clientèle à un jeune homme. Celui-ci
m'apprit, à mon grand étonnement, l'ouverture
de ma succession, sa liquidation, le mariage de
ma femme et la naissance de ses deux enfants.
Quand je lui dis être le colonel Chabert, il se mit
à rire si franchement, que je le quittai sans lui
faire la moindre observation. Ma détention de
Stuttgart me fit songer à Charenton, et je résolus d'agir avec prudence. Alors, monsieur,
sachant où demeurait ma femme, je m'achemi-
nai vers son hôtel, le cœur plein d'espoir. Eh
bien, dit le colonel avec un mouvement de rage
concentrée, je n'ai pas été reçu lorsque je me fis
annoncer sous un nom d'emprunt, et, le jour où
je pris le mien, je fus consigné à sa porte. Pour
voir la comtesse rentrant du bal ou du spectacle, au matin, je suis resté pendant des nuits
entières collé contre la borne de sa porte
cochère. Mon regard plongeait dans cette voiture qui passait devant mes yeux avec la rapidité de l'éclair, et où j'entrevoyais à peine cette
femme qui est mienne et qui n'est plus à moi !
Oh ! dès ce jour, j'ai vécu pour la vengeance,
s'écria le vieillard d'une voix sourde en se dres-

sant tout à coup devant Derville. Elle sait que
j'existe ; elle a reçu de moi, depuis mon retour,
deux lettres écrites par moi-même. Elle ne
m'aime plus ! Moi, j'ignore si je l'aime ou si je la
déteste ! je la désire et la maudis tour à tour.
Elle me doit sa fortune, son bonheur ; eh bien,
elle ne m'a pas seulement fait parvenir le plus
léger secours ! Par moments, je ne sais plus que
devenir ! »

À ces mots, le vieux soldat retomba sur sa
chaise, et redevint immobile. Derville resta
silencieux, occupé à contempler son client.

« L'affaire est grave, dit-il enfin machinale-
ment. Même en admettant l'authenticité des
pièces qui doivent se trouver à Heilsberg, il ne
m'est pas prouvé que nous puissions triompher
tout d'abord. Le procès ira successivement
devant trois tribunaux. Il faut réfléchir à tête
reposée sur une semblable cause, elle est tout
exceptionnelle.

— Oh ! répondit froidement le colonel en
relevant la tête par un mouvement de fierté, si
je succombe, je saurai mourir, mais en compagnie. »

Là, le vieillard avait disparu. Les yeux de
l'homme énergique brillaient rallumés aux feux
du désir et de la vengeance.

« Il faudra peut-être transiger, dit l'avoué.

— Transiger ! répéta le colonel Chabert.
Suis-je mort ou suis-je vivant ?

— Monsieur, reprit l'avoué, vous suivrez, je
l'espère, mes conseils. Votre cause sera ma
cause. Vous vous apercevrez bientôt de l'intérêt
que je prends à votre situation, presque sans
exemple dans les fastes judiciaires. En atten-

dant, je vais vous donner un mot pour mon notaire, qui vous remettra, sur votre quittance, cinquante francs tous les dix jours. Il ne serait pas convenable que vous vinssiez chercher ici des secours. Si vous êtes le colonel Chabert, vous ne devez être à la merci de personne. Je donnerai à ces avances la forme d'un prêt. Vous avez des biens à recouvrer, vous êtes riche. »

Cette dernière délicatesse arracha des larmes au vieillard. Derville se leva brusquement, car il n'était peut-être pas de costume qu'un avoué parût s'émouvoir ; il passa dans son cabinet, d'où il revint avec une lettre non cachetée qu'il remit au comte Chabert. Lorsque le pauvre homme la tint entre ses doigts, il sentit deux pièces d'or à travers le papier.

« Voulez-vous me désigner les actes, me donner le nom de la ville, du royaume ? » dit l'avoué.

Le colonel dicta les renseignements en vérifiant l'orthographe des noms de lieux ; puis il prit son chapeau d'une main, regarda Derville, lui tendit l'autre main, une main calleuse, et lui dit d'une voix simple :

« Ma foi, monsieur, après l'empereur, vous êtes l'homme auquel je devrai le plus ! Vous êtes *un brave.* »

L'avoué frappa dans la main du colonel, le reconduisit jusque sur l'escalier et l'éclaira.

« Boucard, dit Derville à son Maître clerc, je viens d'entendre une histoire qui me coûtera peut-être vingt-cinq louis. Si je suis volé, je ne regretterai pas mon argent, j'aurai vu le plus habile comédien de notre époque. »

Quand le colonel se trouva dans la rue et

devant un réverbère, il retira de la lettre les deux pièces de vingt francs que l'avoué lui avait données, et les regarda pendant un moment à la lumière. Il revoyait de l'or pour la première fois depuis neuf ans.

« Je vais donc pouvoir fumer des cigares », se dit-il.

Environ trois mois après cette consultation, nuitamment faite par le colonel Chabert chez Derville, le notaire chargé de payer la demi-solde que l'avoué faisait à son singulier client vint le voir pour conférer sur une affaire grave, et commença par lui réclamer six cents francs donnés aux vieux militaire.

« Tu t'amuses donc à entretenir l'ancienne armée ? lui dit en riant ce notaire, nommé Crottat, jeune homme qui venait d'acheter l'étude où il était Maître clerc, et dont le patron avait pris la fuite en faisant une épouvantable faillite.

— Je te remercie, mon cher maître, répondit Derville, de me rappeler cette affaire-là. Ma philanthropie n'ira pas au-delà de vingt-cinq louis, je crains déjà d'avoir été la dupe de mon patriotisme. »

Au moment où Derville achevait sa phrase, il vit sur son bureau les paquets que son Maître clerc y avait mis. Ses yeux furent frappés à l'aspect des timbres oblongs, carrés, triangulaires, rouges, bleus, apposés sur une lettre par les postes prussienne, autrichienne, bavaroise et française.

« Ah ! dit-il en riant, voici le dénoûment de la comédie, nous allons voir si je suis attrapé. »

Il prit la lettre et l'ouvrit, mais il n'y put rien lire, elle était écrite en allemand.

« Boucard, allez vous-même faire traduire cette lettre, et revenez promptement », dit Derville en entrouvrant la porte de son cabinet et tendant la lettre à son Maître clerc.

Le notaire de Berlin auquel s'était adressé l'avoué lui annonçait que les actes dont les expéditions étaient demandées lui parviendraient quelques jours après cette lettre d'avis. Les pièces étaient, disait-il, parfaitement en règle, et revêtues des légalisations nécessaires pour faire foi en justice. En outre, il lui mandait que presque tous les témoins des faits consacrés par les procès-verbaux existaient à Prussich-Eylau ; et que la femme à laquelle M. le comte Chabert devait la vie vivait encore dans un des faubourgs d'Heilsberg.

« Ceci devient sérieux », s'écria Derville quand Boucard eut fini de lui donner la substance de la lettre. « Mais, dis donc, mon petit, reprit-il en s'adressant au notaire, je vais avoir besoin de renseignements qui doivent être en ton étude. N'est-ce pas chez ce vieux fripon de Roguin...

— Nous disons l'infortuné, le malheureux Roguin, reprit maître Alexandre Crottat en riant et interrompant Derville.

— N'est-ce pas chez cet infortuné qui vient d'emporter huit cent mille francs à ses clients, et de réduire plusieurs familles au désespoir, que s'est faite la liquidation de la succession Chabert ? Il me semble que j'ai vu cela dans nos pièces Ferraud.

— Oui, répondit Crottat, j'étais alors troisième clerc, je l'ai copiée et bien étudiée, cette liquidation. Rose Chapotel, épouse et veuve de

Hyacinthe, dit Chabert, comte de l'Empire, grand officier de la Légion d'honneur ; ils étaient mariés sans contrat, ils étaient donc communs en biens. Autant que je puis m'en souvenir, l'actif s'élevait à six cent mille francs. Avant son mariage, le comte Chabert avait fait un testament en faveur des hospices de Paris, par lequel il leur attribuait le quart de la fortune qu'il posséderait au moment de son décès, le domaine héritait de l'autre quart. Il y a eu licitation, vente et partage, parce que les avoués sont allés bon train. Lors de la liquidation, le monstre qui gouvernait alors la France a rendu par un décret la portion du fisc à la veuve du colonel.

— Ainsi la fortune personnelle du comte Chabert ne se monterait donc qu'à trois cent mille francs.

— Par conséquent, mon vieux ! répondit Crottat. Vous avez parfois l'esprit juste, vous autres avoués, quoiqu'on vous accuse de vous fausser en plaidant aussi bien le Pour et le Contre. »

Le comte Chabert, dont l'adresse se lisait au bas de la première quittance qu'il avait remise au notaire, demeurait dans le faubourg Saint-Marceau, rue du Petit-Banquier, chez un vieux maréchal des logis de la garde impériale, devenu nourrisseur et nommé Vergniaud. Arrivé là, Derville fut forcé d'aller à pied à la recherche de son client ; car son cocher refusa de s'engager dans une rue non pavée et dont les ornières étaient un peu trop profondes pour les roues d'un cabriolet. En regardant de tous les côtés, l'avoué finit par trouver, dans la partie de

cette rue qui avoisine le boulevard, entre deux
murs bâtis avec des ossements et de la terre,
deux mauvais pilastres en moellons, que le passage des voitures avait ébréchés, malgré deux
morceaux de bois placés en forme de bornes.
Ces pilastres soutenaient une poutre couverte
d'un chaperon en tuiles, sur laquelle ces mots
étaient écrits en rouge : VERGNIAUD, NOURI-
CEURE. À droite de ce nom se voyaient des œufs,
et à gauche une vache, le tout peint en blanc. La
porte était ouverte et restait sans doute ainsi
pendant toute la journée. Au fond d'une cour
assez spacieuse s'élevait, en face de la porte,
une maison, si toutefois ce nom convient à l'une
de ces masures bâties dans les faubourgs de
Paris, et qui ne sont comparables à rien, pas
même aux plus chétives habitations de la campagne, dont elles ont la misère sans en avoir la
poésie. En effet, au milieu des champs, les
cabanes ont encore une grâce que leur donnent
la pureté de l'air, la verdure, l'aspect des
champs, une colline, un chemin tortueux, des
vignes, une haie vive, la mousse des chaumes, et
les ustensiles champêtres ; mais, à Paris, la
misère ne se grandit que par son horreur.
Quoique récemment construite, cette maison
semblait près de tomber en ruine. Aucun des
matériaux n'y avait eu sa vraie destination, ils
provenaient tous des démolitions qui se font
journellement dans Paris. Derville lut sur un
volet fait avec les planches d'une enseigne :
Magasin de nouveautés. Les fenêtres ne se ressemblaient point entre elles et se trouvaient
bizarrement placées. Le rez-de-chaussée, qui
paraissait être la partie habitable, était

exhaussé d'un côté, tandis que de l'autre les chambres étaient enterrées par une éminence. Entre la porte et la maison s'étendait une mare pleine de fumier où coulaient les eaux pluviales et ménagères. Le mur sur lequel s'appuyait ce chétif logis, et qui paraissait être plus solide que les autres, était garni de cabanes grillagées où de vrais lapins faisaient leurs nombreuses familles. À droite de la porte cochère se trouvait la vacherie surmontée d'un grenier à fourrage, et qui communiquait à la maison par une laiterie. À gauche étaient une basse-cour, une écurie et un toit à cochons qui avait été fini, comme celui de la maison, en mauvaises planches de bois blanc clouées les unes sur les autres, et mal recouvertes avec du jonc. Comme presque tous les endroits où se cuisinent les éléments du grand repas que Paris dévore chaque jour, la cour dans laquelle Derville mit le pied offrait les traces de la précipitation voulue par la nécessité d'arriver à heure fixe. Ces grands vases de fer-blanc bossués dans lesquels se transporte le lait, et les pots qui contiennent la crème, étaient jetés pêle-mêle devant la laiterie, avec leurs bouchons de linge. Les loques trouées qui servaient à les essuyer flottaient au soleil, étendues sur des ficelles attachées à des piquets. Ce cheval pacifique, dont la race ne se trouve que chez les laitières, avait fait quelques pas en avant de sa charrette et restait devant l'écurie, dont la porte était fermée. Une chèvre broutait le pampre de la vigne grêle et poudreuse qui garnissait le mur jaune et lézardé de la maison. Un chat était accroupi sur les pots à crème et les léchait. Les poules, effarouchées à l'approche de Derville, s'envolèrent en criant, et le chien de garde aboya.

« L'homme qui a décidé le gain de la bataille d'Eylau serait là ! » se dit Derville en saisissant d'un seul coup d'œil l'ensemble de ce spectacle ignoble.

La maison était restée sous la protection de trois gamins. L'un, grimpé sur le faîte d'une charrette chargée de fourrage vert, jetait des pierres dans un tuyau de cheminée de la maison voisine, espérant qu'elles y tomberaient dans la marmite. L'autre essayait d'amener un cochon sur le plancher de la charrette qui touchait à terre, tandis que le troisième, pendu à l'autre bout, attendait que le cochon y fût placé pour l'enlever en faisant faire la bascule à la charrette. Quand Derville leur demanda si c'était bien là que demeurait M. Chabert, aucun ne répondit, et tous trois le regardèrent avec une stupidité spirituelle, s'il est permis d'allier ces deux mots. Derville réitéra ses questions sans succès. Impatienté par l'air narquois des trois drôles, il leur dit de ces injures plaisantes que les jeunes gens se croient le droit d'adresser aux enfants, et les gamins rompirent le silence par un rire brutal. Derville se fâcha. Le colonel, qui l'entendit, sortit d'une petite chambre basse située près de la laiterie et apparut sur le seuil de sa porte avec un flegme militaire inexprimable. Il avait à la bouche une de ces pipes notablement *culottées* (expression technique des fumeurs), une de ces humbles pipes de terre blanche nommées des *brûle-gueules*. Il leva la visière d'une casquette horriblement crasseuse aperçut Derville et traversa le fumier, pour venir plus promptement à son bienfaiteur, en criant d'une voix amicale aux gamins : « Silence dans les rangs ! » Les enfants gardèrent aussitôt un silence respectueux qui annonçait l'empire exercé sur eux par le vieux soldat.

« Pourquoi ne m'avez-vous pas écrit ? dit-il à Derville. Allez le long de la vacherie ! Tenez, là, le chemin est pavé », s'écria-t-il en remarquant l'indécision de l'avoué, qui ne voulait pas se mouiller les pieds dans le fumier.

En sautant de place en place, Derville arriva sur le seuil de la porte par où le colonel était sorti. Chabert parut désagréablement affecté d'être obligé de le recevoir dans la chambre qu'il occupait. En effet, Derville n'y aperçut qu'une seule chaise. Le lit du colonel consistait en quelques bottes de paille sur lesquelles son hôtesse avait étendu deux ou trois lambeaux de ces vieilles tapisseries, ramassées je ne sais où, qui servent aux laitières à garnir les bancs de leurs charrettes. Le plancher était tout simplement en terre battue. Les murs, salpêtrés, verdâtres et fendus, répandaient une si forte humidité, que le mur contre lequel couchait le colonel était tapissé d'une natte en jonc. Le fameux carrick pendait à un clou. Deux mauvaises paires de bottes gisaient dans un coin. Nul vestige de linge. Sur la table vermoulue, les *Bulletins de la Grande Armée*, réimprimés par Plancher, étaient ouverts et paraissaient être la lecture du colonel, dont la physionomie était calme et sereine au milieu de cette misère. Sa visite chez Derville semblait avoir changé le caractère de ses traits, où l'avoué trouva les traces d'une pensée heureuse, une lueur particulière qu'y avait jetée l'espérance.

« La fumée de la pipe vous incommode-t-elle ? dit-il en tendant à son avoué la chaise à moitié dépaillée.

— Mais, colonel, vous êtes horriblement mal ici ! »

Cette phrase fut arrachée à Derville par la défiance naturelle aux avoués, et par la déplorable expérience que leur donnent de bonne heure les épouvantables drames inconnus auxquels ils assistent.

« Voilà, se dit-il, un homme qui aura certainement employé mon argent à satisfaire les trois vertus théologales du troupier : le jeu, le vin et les femmes ! »

« C'est vrai, monsieur, nous ne brillons pas ici par le luxe. C'est un bivouac tempéré par l'amitié, mais... » (Ici le soldat lança un regard profond à l'homme de loi.) « Mais, je n'ai fait de tort à personne, je n'ai jamais repoussé personne, et je dors tranquille. »

L'avoué songea qu'il y aurait peu de délicatesse à demander compte à son client des sommes qu'il lui avait avancées, et il se contenta de lui dire : « Pourquoi n'avez-vous donc pas voulu venir dans Paris, où vous auriez pu vivre aussi peu chèrement que vous vivez ici, mais où vous auriez été mieux ?

— Mais, répondit le colonel, les braves gens chez lesquels je suis m'avaient recueilli, nourri *gratis* depuis un an ! comment les quitter au moment où j'avais un peu d'argent ? Puis le père de ces trois gamins est un vieux *égyptien*...

— Comment, un égyptien ?

— Nous appelons ainsi les troupiers qui sont revenus de l'expédition d'Égypte, de laquelle j'ai fait partie. Non seulement tous ceux qui en sont revenus sont un peu frères, mais Vergniaud était alors dans mon régiment, nous avions partagé de l'eau dans le désert. Enfin, je n'ai pas encore fini d'apprendre à lire à ses marmots.

— Il aurait bien pu vous mieux loger, pour votre argent, lui.

— Bah ! dit le colonel, ses enfants couchent comme moi sur la paille ! Sa femme et lui n'ont pas un lit meilleur, ils sont bien pauvres, voyez-vous ! ils ont pris un établissement au-dessus de leurs forces. Mais, si je recouvre ma fortune !... Enfin, suffit !

— Colonel ! je dois recevoir demain ou après vos actes d'Heilsberg. Votre libératrice vit encore !

— Sacré argent ! Dire que je n'en ai pas ! » s'écria-t-il en jetant sa pipe à terre.

Une pipe *culottée* est une pipe précieuse pour un fumeur ; mais ce fut par un geste si naturel, par un mouvement si généreux, que tous les fumeurs et même la Régie lui eussent pardonné ce crime de lèse-tabac. Les anges auraient peut-être ramassé les morceaux.

« Colonel, votre affaire est excessivement compliquée, lui dit Derville en sortant de la chambre pour s'aller promener au soleil le long de la maison.

— Elle me paraît, dit le soldat, parfaitement simple. On m'a cru mort, me voilà ! Rendez-moi ma femme et ma fortune ; donnez-moi le grade de général auquel j'ai droit, car j'ai passé colonel dans la garde impériale la veille de la bataille d'Eylau.

— Les choses ne vont pas ainsi dans le

monde judiciaire, reprit Derville. Écoutez-moi. Vous êtes le comte Chabert, je le veux bien ; mais il s'agit de le prouver judiciairement à des gens qui vont avoir intérêt à nier votre existence. Ainsi, vos actes seront discutés. Cette discussion entraînera dix ou douze questions préliminaires. Toutes iront contradictoirement jusqu'à la cour suprême, et constitueront autant de procès coûteux, qui traîneront en longueur, quelle que soit l'activité que j'y mette. Vos adversaires demanderont une enquête à laquelle nous ne pourrons pas nous refuser, et qui nécessitera peut-être une commission rogatoire en Prusse. Mais supposons tout au mieux : admettons qu'il soit reconnu promptement par la justice que vous êtes le colonel Chabert. Savons-nous comment sera jugée la question soulevée par la bigamie fort innocente de la comtesse Ferraud ? Dans votre cause, le point de droit est en dehors du code, et ne peut être jugé par les juges que suivant les lois de la conscience, comme fait le jury dans les questions délicates que présentent les bizarreries sociales de quelques procès criminels. Or, vous n'avez pas eu d'enfants de votre mariage, et M. le comte Ferraud en a deux du sien, les juges peuvent déclarer nul le mariage où se rencontrent les liens les plus faibles, au profit du mariage qui en comporte de plus forts, du moment qu'il y a eu bonne foi chez les contractants. Serez-vous dans une position morale bien belle, en voulant *mordicus* avoir, à votre âge et dans les circonstances où vous vous trouvez, une femme qui ne vous aime plus ? Vous aurez contre vous votre femme et son mari, deux

personnes puissantes qui pourront influencer
les tribunaux. Le procès a donc des éléments de
durée. Vous aurez le temps de vieillir dans les
chagrins les plus cuisants.

— Et ma fortune ?

— Vous vous croyez donc une grande fortune ?

— N'avais-je pas trente mille livres de rente ?

— Mon cher colonel, vous aviez fait, en 1799,
avant votre mariage, un testament qui léguait le
quart de vos biens aux hospices.

— C'est vrai.

— Eh bien, vous censé mort, n'a-t-il pas fallu
procéder à un inventaire, à une liquidation afin
de donner ce quart aux hospices ? Votre femme
ne s'est pas fait scrupule de tromper les
pauvres. L'inventaire, où sans doute elle s'est
bien gardée de mentionner l'argent comptant,
les pierreries, où elle aura produit peu d'argen-
terie, et où le mobilier a été estimé à deux tiers
au-dessous du prix réel, soit pour la favoriser,
soit pour payer moins de droits au fisc, et aussi
parce que les commissaires-priseurs sont res-
ponsables de leurs estimations, l'inventaire,
ainsi fait, a établi six cent mille francs de
valeurs. Pour sa part, votre veuve avait droit à la
moitié. Tout a été vendu, racheté par elle, elle a
bénéficié sur tout, et les hospices ont eu leurs
soixante-quinze mille francs. Puis, comme le
fisc héritait de vous, attendu que vous n'aviez
pas fait mention de votre femme dans votre
testament, l'Empereur a rendu par un décret à
votre veuve la portion qui revenait au domaine
public. Maintenant, à quoi avez-vous droit ? À
trois cent mille francs seulement, moins les
frais.

— Et vous appelez cela la justice ? dit le colonel ébahi.

— Mais certainement...

— Elle est belle !

— Elle est ainsi, mon pauvre colonel. Vous voyez que ce que vous avez cru facile ne l'est pas. Mme Ferraud peut même vouloir garder la portion qui lui a été donnée par l'Empereur.

— Mais elle n'était pas veuve, le décret est nul...

— D'accord. Mais tout se plaide. Écoutez-moi. Dans ces circonstances, je crois qu'une transaction serait, et pour vous et pour elle, le meilleur dénoûment du procès. Vous y gagneriez une fortune plus considérable que celle à laquelle vous auriez droit.

— Ce serait vendre ma femme ?

— Avec vingt-quatre mille francs de rente, vous aurez, dans la position où vous vous trouvez, des femmes qui vous conviendront mieux que la vôtre, et qui vous rendront plus heureux. Je compte aller voir aujourd'hui même Mme la comtesse Ferraud afin de sonder le terrain ; mais je n'ai pas voulu faire cette démarche sans vous en prévenir.

— Allons ensemble chez elle...

— Fait comme vous êtes ? dit l'avoué. Non, non, colonel, non. Vous pourriez y perdre tout à fait votre procès...

— Mon procès est-il gagnable ?

— Sur tous les chefs, répondit Derville. Mais, mon cher colonel Chabert, vous ne faites pas attention à une chose. Je ne suis pas riche, ma charge n'est pas entièrement payée. Si les tribunaux vous accordent une *provision*, c'est-à-dire

une somme à prendre par avance sur votre
fortune, ils ne l'accorderont qu'après avoir
reconnu vos qualités de comte Chabert, grand-
officier de la Légion d'honneur.

— Tiens, je suis grand-officier de la Légion,
je n'y pensais plus, dit-il naïvement.

— Eh bien, jusque-là, reprit Derville, ne
faut-il pas plaider, payer des avocats, lever et
solder les jugements, faire marcher des huissiers, et vivre ? Les frais des instances préparatoires se monteront, à vue de nez, à plus de
douze ou quinze mille francs. Je ne les ai pas,
moi qui suis écrasé par les intérêts énormes que
je paye à celui qui m'a prêté l'argent de ma
charge. Et vous ! où les trouverez-vous ? »

De grosses larmes tombèrent des yeux flétris
du pauvre soldat et roulèrent sur ses joues
ridées. À l'aspect de ces difficultés, il fut décou-
ragé. Le monde social et le monde judiciaire lui
pesaient sur la poitrine comme un cauchemar.

« J'irai, s'écria-t-il, au pied de la colonne de la
place Vendôme, je crierai là : "Je suis le colonel
Chabert qui a enfoncé le grand carré des Russes
à Eylau !" Le bronze, lui ! me reconnaîtra.

— Et l'on vous mettra sans doute à Charenton. »

À ce nom redouté, l'exaltation du militaire
tomba.

« N'y aurait-il donc pas pour moi quelques
chances favorables au ministère de la guerre ?

— Les bureaux ! dit Derville. Allez-y, mais
avec un jugement bien en règle qui déclare nul
votre acte de décès. Les bureaux voudraient
pouvoir anéantir les gens de l'Empire. »

Le colonel resta pendant un moment interdit,

immobile, regardant sans voir, abîmé dans un désespoir sans bornes. La justice militaire est franche, rapide, elle décide à la turque, et juge presque toujours bien ; cette justice était la seule que connût Chabert. En apercevant le dédale de difficultés où il fallait s'engager, en voyant combien il fallait d'argent pour y voyager, le pauvre soldat reçut un coup mortel dans cette puissance particulière à l'homme et que l'on nomme la *volonté*. Il lui parut impossible de vivre en plaidant, il fut pour lui mille fois plus simple de rester pauvre, mendiant, de s'engager comme cavalier si quelque régiment voulait de lui. Ses souffrances physiques et morales lui avaient déjà vicié le corps dans quelques-uns des organes les plus importants. Il touchait à l'une de ces maladies pour lesquelles la médecine n'a pas de nom, dont le siège est en quelque sorte mobile comme l'appareil nerveux qui paraît le plus attaqué parmi tous ceux de notre machine, affection qu'il faudrait nommer le *spleen* du malheur. Quelque grave que fût déjà ce mal invisible, mais réel, il était encore guérissable par une heureuse conclusion. Pour ébranler tout à fait cette vigoureuse organisation, il suffirait d'un obstacle nouveau, de quelque fait imprévu qui en romprait les ressorts affaiblis et produirait ces hésitations, ces actes incompris, incomplets, que les physiologistes observent chez les êtres ruinés par les chagrins.

En reconnaissant alors les symptômes d'un profond abattement chez son client, Derville lui dit : « Prenez courage, la solution de cette affaire ne peut que vous être favorable. Seulement, examinez si vous pouvez me donner

toute votre confiance, et accepter aveuglément
le résultat que je croirai le meilleur pour vous.

— Faites comme vous voudrez, dit Chabert.

— Oui, mais vous vous abandonnez à moi
comme un homme qui marche à la mort ?

— Ne vais-je pas rester sans état, sans nom ?
Est-ce tolérable ?

— Je ne l'entends pas ainsi, dit l'avoué. Nous
poursuivrons à l'amiable un jugement pour
annuler votre acte de décès et votre mariage,
afin que vous repreniez vos droits. Vous serez
même, par l'influence du comte Ferraud, porté
sur les cadres de l'armée comme général, et
vous obtiendrez sans doute une pension.

— Allez donc ! répondit Chabert, je me fie
entièrement à vous.

— Je vous enverrai une procuration à signer,
dit Derville. Adieu, bon courage ! S'il vous faut
de l'argent, comptez sur moi. »

Chabert serra chaleureusement la main de
Derville, et resta le dos appuyé contre la
muraille, sans avoir la force de le suivre autrement que des yeux. Comme tous les gens qui
comprennent peu les affaires judiciaires, il
s'effrayait de cette lutte imprévue. Pendant cette
conférence, à plusieurs reprises, il s'était
avancé, hors d'un pilastre de la porte cochère, la
figure d'un homme posté dans la rue pour guet-
ter la sortie de Derville, et qui l'accosta quand il
sortit. C'était un vieux homme vêtu d'une veste
bleue, d'une cotte blanche plissée semblable à
celle des brasseurs, et qui portait sur la tête une
casquette de loutre. Sa figure était brune, creu-
sée ridée, mais rougie sur les pommettes par
l'excès du travail et hâlée par le grand air.

« Excusez, monsieur, dit-il à Derville en l'arrêtant par le bras, si je prends la liberté de vous parler, mais je me suis douté, en vous voyant, que vous étiez l'ami de notre général.

— Eh bien, dit Derville, en quoi vous intéressez-vous à lui ? Mais qui êtes-vous ? reprit le défiant avoué.

— Je suis Louis Vergniaud, répondit-il d'abord. Et j'aurais deux mots à vous dire.

— Et c'est vous qui avez logé le comte Chabert comme il l'est ?

— Pardon, excuse, monsieur, il a la plus belle chambre. Je lui aurais donné la mienne, si je n'en avais qu'une. J'aurais couché dans l'écurie. Un homme qui a souffert comme lui, qui apprend à lire à mes *mioches*, un général, un égyptien, le premier lieutenant sous lequel j'ai servi... faudrait voir ? Du tout, il est le mieux logé. J'ai partagé avec lui ce que j'avais. Malheureusement, ce n'était pas grand-chose, du pain, du lait, des œufs ; enfin à la guerre comme à la guerre ! C'est de bon cœur. Mais il nous a vexés.

— Lui ?

— Oui, monsieur, vexés, là, ce qui s'appelle en plein. J'ai pris un établissement au-dessus de mes forces, il le voyait bien. Ça vous le contrariait et il pansait le cheval ! Je lui dis : "Mais, mon général ! — Bah ! qu'i dit, je ne veux pas être comme un fainéant, et il y a longtemps que je sais brosser le lapin." J'avais donc fait des billets pour le prix de ma vacherie à un nommé Grados... Le connaissez-vous, monsieur ?

— Mais, mon cher, je n'ai pas le temps de vous écouter. Seulement, dites-moi comment le colonel vous a vexés !

— Il nous a vexés, monsieur, aussi vrai que je m'appelle Louis Vergniaud et que ma femme en a pleuré. Il a su par les voisins que nous n'avions pas le premier sou de notre billet. Le vieux grognard, sans rien dire, a amassé tout ce que vous lui donniez, a guetté le billet et l'a payé. C'te malice ! Que ma femme et moi, nous savions qu'il n'avait pas de tabac, ce pauvre vieux, et qu'il s'en passait ! Oh ! maintenant, tous les matins, il a ses cigares ! je me vendrais plutôt... Non ! nous sommes vexés. Donc, je voudrais vous proposer de nous prêter, vu qu'il nous a dit que vous étiez un brave homme, une centaine d'écus sur notre établissement, afin que nous lui fassions faire des habits, que nous lui meublions sa chambre. Il a cru nous acquitter, pas vrai ? Eh bien, au contraire, voyez-vous, l'ancien nous a endettés... et vexés ! Il ne devait pas nous faire cette avanie-là. Il nous a vexés ! et des amis, encore ? Foi d'honnête homme, aussi vrai que je m'appelle Louis Vergniaud, je m'engagerais plutôt que de ne pas vous rendre cet argent-là... »

Derville regarda le nourrisseur, et fit quelques pas en arrière pour revoir la maison, la cour, les fumiers, l'étable, les lapins, les enfants.

« Par ma foi, je crois qu'un des caractères de la vertu est de ne pas être propriétaire, se dit-il.

— Va, tu auras tes cent écus ! et plus même. Mais ce n'est pas moi qui te les donnerai, le colonel sera bien assez riche pour t'aider, et je ne veux pas lui en ôter le plaisir.

— Ce sera-t-il bientôt ?

— Mais oui.

— Ah ! mon Dieu, que mon épouse va-t-être contente ! »

Et la figure tannée du nourrisseur sembla s'épanouir.

« Maintenant, se dit Derville en remontant dans son cabriolet, allons chez notre adversaire. Ne laissons pas voir notre jeu, tâchons de connaître le sien, et gagnons la partie d'un seul coup. Il faudrait l'effrayer ? Elle est femme. De quoi s'effrayent le plus les femmes ? Mais les femmes ne s'effrayent que de... »

Il se mit à étudier la position de la comtesse, et tomba dans une de ces méditations auxquelles se livrent les grands politiques en concevant leurs plans, en tâchant de deviner le secret des cabinets ennemis. Les avoués ne sont-ils pas en quelque sorte des hommes d'État chargés des affaires privées ? Un coup d'œil jeté sur la situation de M. le comte Ferraud et de sa femme est ici nécessaire pour faire comprendre le génie de l'avoué.

M. le comte Ferraud était le fils d'un ancien conseiller au parlement de Paris, qui avait émigré pendant le temps de la Terreur, et qui, s'il sauva sa tête, perdit sa fortune. Il rentra sous le Consulat et resta constamment fidèle aux intérêts de Louis XVIII, dans les entours duquel était son père avant la Révolution. Il appartenait donc à cette partie du faubourg Saint-Germain qui résista noblement aux séductions de Napoléon. La réputation de capacité que se fit le jeune comte, alors simplement appelé M. Ferraud, le rendit l'objet des coquetteries de l'Empereur, qui souvent était aussi heureux de ses conquêtes sur l'aristocratie que du gain d'une bataille. On promit au comte la restitution de son titre, celle de ses biens non vendus, on lui montra dans le lointain un ministère, une sénatorerie. L'Empereur échoua. M. Ferraud était, lors de la mort du comte Chabert, un jeune homme de vingt-six ans, sans fortune, doué de formes agréables, qui avait des succès et que le faubourg Saint-Germain avait adopté comme une de ses gloires ; mais Mme la comtesse Chabert avait su tirer un si bon parti de la succession de son mari, qu'après dix-huit mois de veuvage elle possédait environ quarante mille livres de rente. Son mariage avec le jeune comte ne fut pas accepté comme une nouvelle, par les coteries du faubourg Saint-Germain. Heureux de ce mariage qui répondait à ses idées de fusion, Napoléon rendit à Mme Chabert la portion dont héritait le fisc dans la succession du colonel ; mais l'espérance de Napoléon fut encore trompée. Mme Ferraud n'aimait pas seulement son amant dans le jeune homme, elle avait été séduite aussi par l'idée d'entrer dans cette société dédaigneuse qui, malgré son abaissement, dominait la cour impériale. Toutes ses vanités étaient flattées autant que ses passions dans ce mariage. Elle allait devenir *une femme comme il faut*. Quand le faubourg Saint-Germain sut que le mariage du jeune comte n'était pas une défection, les salons s'ouvrirent à sa femme. La Restauration vint. La fortune politique du comte Ferraud ne fut pas rapide. Il comprenait les exigences de la position dans laquelle se trouvait Louis XVIII, il était du nombre des initiés qui attendaient que *l'abîme des révolutions fût fermé*, car cette phrase royale, dont se moquèrent tant les libéraux, cachait un sens politique. Néanmoins,

l'ordonnance citée dans la longue phrase cléri-
cale qui commence cette histoire lui avait rendu
deux forêts et une terre dont la valeur avait
considérablement augmenté pendant le
séquestre. En ce moment, quoique le comte
Ferraud fût conseiller d'État, directeur général,
il ne considérait sa position que comme le
début de sa fortune politique. Préoccupé par les
soins d'une ambition dévorante, il s'était attaché comme secrétaire un ancien avoué ruiné
nommé Delbecq, homme plus qu'habile, qui
connaissait admirablement les ressources de la
chicane, et auquel il laissait la conduite de ses
affaires privées. Le rusé praticien avait assez
bien compris sa position chez le comte, pour y
être probe par spéculation. Il espérait parvenir
à quelque place par le crédit de son patron,
dont la fortune était l'objet de tous ses soins. Sa
conduite démentait tellement sa vie antérieure,
qu'il passait pour un homme calomnié. Avec le
tact et la finesse dont sont plus ou moins
douées toutes les femmes, la comtesse, qui avait
deviné son intendant, le surveillait adroitement,
et savait si bien le manier, qu'elle en avait déjà
tiré un très bon parti pour l'augmentation de sa
fortune particulière. Elle avait su persuader à
Delbecq qu'elle gouvernait M. Ferraud, et lui
avait promis de le faire nommer président d'un
tribunal de première instance dans l'une des
plus importantes villes de France s'il se
dévouait entièrement à ses intérêts. La promesse d'une place inamovible qui lui permet-
trait de se marier avantageusement, et de
conquérir plus tard une haute position dans la
carrière politique en devenant député, fit de

Delbecq l'âme damnée de la comtesse. Il ne lui avait laissé manquer aucune des chances favorables que les mouvements de Bourse et la hausse des propriétés présentèrent dans Paris aux gens habiles pendant les trois premières années de la Restauration. Il avait triplé les capitaux de sa protectrice avec d'autant plus de facilité, que tous les moyens avaient paru bons à la comtesse afin de rendre promptement sa fortune énorme. Elle employait les émoluments des places occupées par le comte aux dépenses de la maison, afin de pouvoir capitaliser ses revenus, et Delbecq se prêtait aux calculs de cette avarice sans chercher à s'en expliquer les motifs. Ces sortes de gens ne s'inquiètent que des secrets dont la découverte est nécessaire à leurs intérêts. D'ailleurs, il en trouvait si naturellement la raison dans cette soif d'or dont sont atteintes la plupart des Parisiennes, et il fallait une si grande fortune pour appuyer les prétentions du comte Ferraud, que l'intendant croyait parfois entrevoir dans l'avidité de la comtesse un effet de son dévouement pour l'homme de qui elle était toujours éprise. La comtesse avait enseveli les secrets de sa conduite au fond de son cœur. Là étaient des secrets de vie et de mort pour elle, là était précisément le nœud de cette histoire. Au commencement de l'année 1818, la Restauration fut assise sur des bases en apparence inébranlables, ses doctrines gouvernementales, comprises par les esprits élevés, leur parurent devoir amener pour la France une ère de prospérité nouvelle, alors la société parisienne changea de face. Mme la comtesse Ferraud se trouva par hasard avoir fait tout ensemble un mariage d'amour, de fortune et d'ambition. Encore jeune et belle, Mme Ferraud joua le rôle d'une femme à la mode, et vécut dans l'atmosphère de la cour. Riche par elle-même, riche par son mari, qui, prôné comme un des hommes les plus capables du parti royaliste et l'ami du Roi, semblait promis à quelque ministère, elle appartenait à l'aristocratie, elle en partageait la splendeur. Au milieu de ce triomphe, elle fut atteinte d'un cancer moral. Il est de ces sentiments que les femmes devinent malgré le soin que les hommes mettent à les enfouir. Au premier retour du Roi, le comte Ferraud avait conçu quelques regrets de son mariage. La veuve du colonel Chabert ne l'avait allié à personne, il était seul et sans appui pour se diriger dans une carrière pleine d'écueils et pleine d'ennemis. Puis, peut-être, quand il avait pu juger froidement sa femme, avait-il reconnu chez elle quelques vices d'éducation qui la rendaient impropre à le seconder dans ses projets. Un mot dit par lui à propos du mariage de Talleyrand éclaira la comtesse, à laquelle il fut prouvé que, si son mariage était à faire, jamais elle n'eût été Mme Ferraud. Ce regret, quelle femme le pardonnerait ? Ne contient-il pas toutes les injures, tous les crimes, toutes les répudiations en germe ? Mais quelle plaie ne devait pas faire ce mot dans le cœur de la comtesse, si l'on vient à supposer qu'elle craignait de voir revenir son premier mari ! Elle l'avait su vivant, elle l'avait repoussé. Puis, pendant le temps où elle n'en avait plus entendu parler, elle s'était plu à le croire mort à Water-

loo avec les aigles impériales, en compagnie de
Boutin. Néanmoins, elle résolut d'attacher le
comte à elle par le plus fort des liens, par la
chaîne d'or, et voulut être si riche, que sa fortune rendît son second mariage indissoluble, si
par hasard le comte Chabert reparaissait
encore. Et il avait reparu, sans qu'elle s'expli-
quât pourquoi la lutte qu'elle redoutait n'avait
pas déjà commencé. Les souffrances, la maladie, l'avaient peut-être délivrée de cet homme.
Peut-être était-il à moitié fou, Charenton pouvait encore lui en faire raison. Elle n'avait pas
voulu mettre Delbecq ni la police dans sa confi-
dence, de peur de se donner un maître, ou de
précipiter la catastrophe. Il existe à Paris beaucoup de femmes qui, semblables à la comtesse
Ferraud, vivent avec un monstre moral
inconnu, ou côtoient un abîme ; elles se font un
calus à l'endroit de leur mal, et peuvent encore
rire et s'amuser.

« Il y a quelque chose de bien singulier dans
la situation de M. le comte Ferraud, se dit Derville en sortant de sa longue rêverie, au moment
où son cabriolet s'arrêtait rue de Varennes, à la
porte de l'hôtel Ferraud. Comment, lui si riche,
aimé du Roi, n'est-il pas encore pair de France ?
Il est vrai qu'il entre peut-être dans la politique
du Roi, comme me le disait Mme de Grandlieu,
de donner une haute importance à la pairie en
ne la prodiguant pas. D'ailleurs, le fils d'un
conseiller au parlement n'est ni un Crillon, ni
un Rohan. Le comte Ferraud ne peut entrer que
subrepticement dans la Chambre haute. Mais,
si son mariage était cassé, ne pourrait-il faire
passer sur sa tête, à la grande satisfaction du

Roi, la pairie d'un de ces vieux sénateurs qui
n'ont que des filles ? Voilà certes une bonne
bourde à mettre en avant pour effrayer notre
comtesse », se dit-il en montant le perron.

Derville avait, sans le savoir, mis le doigt sur
la plaie secrète, enfoncé la main dans le cancer
qui dévorait Mme Ferraud. Il fut reçu par elle
dans une jolie salle à manger d'hiver, où elle
déjeunait en jouant avec un singe attaché par
une chaîne à une espèce de petit poteau garni
de bâtons en fer. La comtesse était enveloppée
dans un élégant peignoir, les boucles de ses
cheveux, négligemment rattachés, s'échappaient d'un bonnet qui lui donnait un air mutin.
Elle était fraîche et rieuse. L'argent, le vermeil,
la nacre, étincelaient sur la table, et il y avait
autour d'elle des fleurs curieuses plantées dans
de magnifiques vases en porcelaine. En voyant
la femme du comte Chabert, riche de ses
dépouilles, au sein du luxe, au faîte de la
société, tandis que le malheureux vivait chez un
pauvre nourrisseur au milieu des bestiaux,
l'avoué se dit : « La morale de ceci est qu'une
jolie femme ne voudra jamais reconnaître son
mari, ni même son amant, dans un homme en
vieux carrick, en perruque de chiendent et en
bottes percées. » Un sourire malicieux et mor-
dant exprima les idées moitié philosophiques,
moitié railleuses qui devaient venir à un
homme si bien placé pour connaître le fond des
choses, malgré les mensonges sous lesquels la
plupart des familles parisiennes cachent leur
existence.

« Bonjour, monsieur Derville, dit-elle en
continuant à faire prendre du café au singe.

— Madame, dit-il brusquement, car il se choqua du ton léger avec lequel la comtesse lui avait dit : "Bonjour, monsieur Derville", je viens causer avec vous d'une affaire assez grave.

— J'en suis *désespérée*, M. le comte est absent...

— J'en suis enchanté, moi, madame. Il serait *désespérant* qu'il assistât à notre conférence. Je sais d'ailleurs, par Delbecq, que vous aimez à faire vos affaires vous-même sans en ennuyer M. le comte.

— Alors, je vais faire appeler Delbecq, dit-elle.

— Il vous serait inutile, malgré son habileté, reprit Derville. Écoutez, madame, un mot suffira pour vous rendre sérieuse. Le comte Chabert existe.

— Est-ce en disant de semblables bouffonneries que vous voulez me rendre sérieuse ? » dit-elle en partant d'un éclat de rire.

Mais la comtesse fut tout à coup domptée par l'étrange lucidité du regard fixe par lequel Derville l'interrogeait en paraissant lire au fond de son âme.

« Madame, répondit-il avec une gravité froide et perçante, vous ignorez l'étendue des dangers qui vous menacent. Je ne vous parlerai pas de l'incontestable authenticité des pièces, ni de la certitude des preuves qui attestent l'existence du comte Chabert. Je ne suis pas homme à me charger d'une mauvaise cause, vous le savez. Si vous vous opposez à notre inscription en faux contre l'acte de décès, vous perdrez ce premier procès, et cette question résolue en notre faveur nous fait gagner toutes les autres.

— De quoi prétendez-vous donc me parler ?

— Ni du colonel, ni de vous. Je ne vous parlerai pas non plus des mémoires que pourraient faire des avocats spirituels, armés des faits curieux de cette cause, et du parti qu'ils tireraient des lettres que vous avez reçues de votre premier mari avant la célébration de votre mariage avec votre second.

— Cela est faux ! dit-elle avec toute la violence d'une petite-maîtresse. Je n'ai jamais reçu de lettres du comte Chabert ; et, si quelqu'un dit être le colonel, ce n'est qu'un intrigant, quelque forçat libéré, comme Coignard peut-être. Le frisson prend rien que d'y penser. Le colonel peut-il ressusciter, monsieur ? Bonaparte m'a fait complimenter sur sa mort par un aide de camp, et je touche encore aujourd'hui trois mille francs de pension accordée à sa veuve par les Chambres. J'ai eu mille fois raison de repousser tous les Chabert qui sont venus, comme je repousserai tous ceux qui viendront.

— Heureusement, nous sommes seuls, madame. Nous pouvons mentir à notre aise », dit-il froidement en s'amusant à aiguillonner la colère qui agitait la comtesse afin de lui arracher quelques indiscrétions, par une manœuvre familière aux avoués, habitués à rester calmes quand leurs adversaires ou leurs clients s'emportent. « Eh bien donc, à nous deux », se dit-il à lui-même en imaginant à l'instant un piège pour lui démontrer sa faiblesse. « La preuve de la remise de la première lettre existe, madame, reprit-il à haute voix, elle contenait des valeurs...

— Oh ! pour des valeurs, elle n'en contenait pas.

— Vous avez donc reçu cette première lettre, reprit Derville en souriant. Vous êtes déjà prise dans le premier piège que vous tend un avoué, et vous croyez pouvoir lutter avec la justice... »

La comtesse rougit, pâlit, se cacha la figure dans les mains. Puis elle secoua sa honte, et reprit avec le sang-froid naturel à ces sortes de femmes : « Puisque vous êtes l'avoué du prétendu Chabert, faites-moi le plaisir de...

— Madame, dit Derville en l'interrompant, je suis encore en ce moment votre avoué comme celui du colonel. Croyez-vous que je veuille perdre une clientèle aussi précieuse que l'est la vôtre ? Mais vous ne m'écoutez pas...

— Parlez, monsieur, dit-elle gracieusement.

— Votre fortune vous venait de M. le comte Chabert, et vous l'avez repoussé. Votre fortune est colossale, et vous le laissez mendier. Madame, les avocats sont bien éloquents lorsque les causes sont éloquentes par elles-mêmes, il se rencontre ici des circonstances capables de soulever contre vous l'opinion publique.

— Mais, monsieur, dit la comtesse impatientée de la manière dont Derville la tournait et retournait sur le gril, en admettant que votre M. Chabert existe, les tribunaux maintiendront mon second mariage à cause des enfants, et j'en serai quitte pour rendre deux cent vingt-cinq mille francs à M. Chabert.

— Madame, nous ne savons pas de quel côté les tribunaux verront la question sentimentale. Si, d'une part, nous avons une mère et ses enfants, nous avons de l'autre un homme accablé de malheurs, vieilli par vous, par vos refus.

Où trouvera-t-il une femme ? Puis les juges peuvent-ils heurter la loi ? Votre mariage avec le colonel a pour lui le droit, la priorité. Mais, si vous êtes représentée sous d'odieuses couleurs, vous pourriez avoir un adversaire auquel vous ne vous attendez pas. Là, madame, est ce danger dont je voudrais vous préserver.

— Un nouvel adversaire, dit-elle ; qui ?

— M. le comte Ferraud, madame.

— M. Ferraud a pour moi un trop vif attachement, et, pour la mère de ses enfants, un trop grand respect...

— Ne parlez pas de ces niaiseries-là, dit Derville en l'interrompant, à des avoués habitués à lire au fond des cœurs. En ce moment, M. Ferraud n'a pas la moindre envie de rompre votre mariage et je suis persuadé qu'il vous adore ; mais, si quelqu'un venait lui dire que son mariage peut être annulé, que sa femme sera traduite en criminelle au banc de l'opinion publique...

— Il me défendrait, monsieur.

— Non, madame.

— Quelle raison aurait-il de m'abandonner, monsieur ?

— Mais celle d'épouser la fille unique d'un pair de France, dont la pairie lui serait transmise par ordonnance du Roi... »

La comtesse pâlit.

« Nous y sommes ! se dit en lui-même Derville. Bien, je te tiens, l'affaire du pauvre colonel est gagnée. »

« D'ailleurs, madame, reprit-il à haute voix, il aurait d'autant moins de remords, qu'un homme couvert de gloire, général, comte, grand-officier de la Légion d'honneur, ne serait pas un pis-aller ; et, si cet homme lui redemande sa femme...

— Assez ! assez, monsieur ! dit-elle. Je n'aurai jamais que vous pour avoué. Que faire ?

— Transiger ! dit Derville.

— M'aime-t-il encore ? dit-elle.

— Mais je ne crois pas qu'il puisse en être autrement. »

À ce mot, la comtesse dressa la tête. Un éclair d'espérance brilla dans ses yeux ; elle comptait peut-être spéculer sur la tendresse de son premier mari pour gagner son procès par quelque ruse de femme.

« J'attendrai vos ordres, madame, pour savoir s'il faut vous signifier nos actes, ou si vous voulez venir chez moi pour arrêter les bases d'une transaction », dit Derville en saluant la comtesse.

Huit jours après les deux visites que Derville avait faites, et par une belle matinée du mois de juin, les époux, désunis par un hasard presque surnaturel, partirent des deux points les plus opposés de Paris pour venir se rencontrer dans l'étude de leur avoué commun.

Les avances qui furent largement faites par Derville au colonel Chabert lui avaient permis d'être vêtu selon son rang. Le défunt arriva donc voituré dans un cabriolet fort propre. Il avait la tête couverte d'une perruque appropriée à sa physionomie, il était habillé de drap bleu, avait du linge blanc, et portait sous son gilet le sautoir rouge des grands-officiers de la Légion d'honneur. En reprenant les habitudes de l'aisance, il avait retrouvé son ancienne élé-

gance martiale. Il se tenait droit. Sa figure,
grave et mystérieuse, où se peignaient le bonheur et toutes ses espérances, paraissait être
rajeunie et plus grasse, pour emprunter à la
peinture une de ses expressions les plus pit-
toresques. Il ne ressemblait pas plus au Chabert
en vieux carrick, qu'un gros sou ne ressemble à
une pièce de quarante francs nouvellement
frappée. À le voir, les passants eussent facilement reconnu en lui l'un de ces beaux débris de
notre ancienne armée, un de ces hommes
héroïques sur lesquels se reflète notre gloire
nationale, et qui la représentent, comme un
éclat de glace illuminé par le soleil semble en
réfléchir tous les rayons. Ces vieux soldats sont
tout ensemble des tableaux et des livres. Quand
le comte descendit de sa voiture pour monter
chez Derville, il sauta légèrement comme aurait
pu faire un jeune homme. À peine son cabriolet
avait-il retourné, qu'un joli coupé tout armorié
arriva. Mme la comtesse Ferraud en sortit dans
une toilette simple, mais habilement calculée
pour montrer la jeunesse de sa taille. Elle avait
une jolie capote doublée de rose qui encadrait
parfaitement sa figure, en dissimulait les
contours, et la ravivait. Si les clients s'étaient
rajeunis, l'étude était restée semblable à elle-
même, et offrait alors le tableau par la description duquel cette histoire a commencé. Simonnin déjeunait, l'épaule appuyée sur la fenêtre,
qui alors était ouverte ; et il regardait le bleu du
ciel par l'ouverture de cette cour entourée de
quatre corps de logis noirs.

« Ha ! s'écria le petit clerc, qui veut parier un
spectacle que le colonel Chabert est général et
cordon rouge ?

— Le patron est un fameux sorcier ! dit Godeschal.

— Il n'y a donc pas de tour à lui jouer, cette fois ? demanda Desroches.

— C'est sa femme qui s'en charge, la comtesse Ferraud ! dit Boucard.

— Allons, dit Godeschal, la comtesse Ferraud serait donc obligée d'être à deux ?...

— La voilà ! » dit Simonnin.

En ce moment, le colonel entra et demanda Derville.

« Il y est, monsieur le comte, répondit Simonnin.

— Tu n'es donc pas sourd, petit drôle ? » dit Chabert en prenant le saute-ruisseau par l'oreille et la lui tortillant à la satisfaction des clercs, qui se mirent à rire et regardèrent le colonel avec la curieuse considération due à ce singulier personnage.

Le comte Chabert était chez Derville, au moment où sa femme entra par la porte de l'étude.

« Dites donc, Boucard, il va se passer une singulière scène dans le cabinet du patron ! Voilà une femme qui peut aller les jours pairs chez le comte Ferraud et les jours impairs chez le comte Chabert.

— Dans les années bissextiles, dit Godeschal, le compte y sera.

— Taisez-vous donc, messieurs ! l'on peut entendre, dit sévèrement Boucard ; je n'ai jamais vu d'étude où l'on plaisantât, comme vous le faites, sur les clients. »

Derville avait consigné le colonel dans la chambre à coucher, quand la comtesse se présenta.

« Madame, lui dit-il, ne sachant pas s'il vous serait agréable de voir M. le comte Chabert, je vous ai séparés. Si cependant vous désiriez...

— Monsieur, c'est une attention dont je vous remercie.

— J'ai préparé la minute d'un acte dont les conditions pourront être discutées par vous et par M. Chabert, séance tenante. J'irai alternativement de vous à lui, pour vous présenter, à l'un et à l'autre, vos raisons respectives.

— Voyons, monsieur », dit la comtesse en laissant échapper un geste d'impatience.

Derville lut :

« Entre les soussignés,

« M. Hyacinthe, *dit Chabert,* comte, maréchal de camp et grand officier de la Légion d'honneur, demeurant à Paris, rue du Petit-Banquier, d'une part ;

« Et la dame Rose Chapotel, épouse de M. le comte Chabert, ci-dessus nommé, née... »

— Passez, dit-elle, laissons les préambules, arrivons aux conditions.

— Madame, dit l'avoué, le préambule explique succinctement la position dans laquelle vous vous trouvez l'un et l'autre. Puis, par l'article premier, vous reconnaissez, en présence de trois témoins, qui sont deux notaires et le nourrisseur chez lequel a demeuré votre mari, auxquels j'ai confié sous le secret votre affaire, et qui garderont le plus profond silence ; vous reconnaissez, dis-je, que l'individu désigné dans les actes joints au sous-seing, mais dont l'état se trouve d'ailleurs établi par un acte de notoriété préparé chez Alexandre Crottat, votre notaire, est le comte Chabert, votre premier époux. Par l'article second, le comte Chabert, dans l'intérêt de votre bonheur, s'engage à ne faire usage de ses droits que dans les cas prévus par l'acte lui-même. — Et ces cas, dit Derville en faisant une sorte de parenthèse, ne sont autres que la non-exécution des clauses de cette convention secrète. — De son côté, reprit-il, M. Chabert consent à poursuivre de gré à gré avec vous un jugement qui annulera son acte de décès et prononcera la dissolution de son mariage.

— Ça ne me convient pas du tout, dit la comtesse étonnée, je ne veux pas de procès. Vous savez pourquoi.

— Par l'article trois, dit l'avoué en continuant avec un flegme imperturbable, vous vous engagez à constituer au nom d'Hyacinthe, comte Chabert, une rente viagère de vingt-quatre mille francs, inscrite sur le grand-livre de la dette publique, mais dont le capital vous sera dévolu à sa mort...

— Mais c'est beaucoup trop cher ! dit la comtesse.

— Pouvez-vous transiger à meilleur marché ?

— Peut-être.

— Que voulez-vous donc, madame ?

— Je veux... je ne veux pas de procès, je veux...

— Qu'il reste mort ? dit vivement Derville en l'interrompant.

— Monsieur, dit la comtesse, s'il faut vingt-quatre mille livres de rente, nous plaiderons...

— Oui, nous plaiderons », s'écria d'une voix sourde le colonel, qui ouvrit la porte et apparut tout à coup devant sa femme, en tenant une main dans son gilet et l'autre étendue vers le parquet, geste auquel le souvenir de son aventure donnait une horrible énergie.

« C'est lui, se dit en elle-même la comtesse. »

« Trop cher ! reprit le vieux soldat. Je vous ai donné près d'un million, et vous marchandez mon malheur. Hé bien, je vous veux maintenant, vous et votre fortune. Nous sommes communs en biens, notre mariage n'a pas cessé...

— Mais monsieur n'est pas le colonel Chabert, s'écria la comtesse en feignant la surprise.

— Ah ! dit le vieillard d'un ton profondément ironique, voulez-vous des preuves ? Je vous ai prise au Palais-Royal... »

La comtesse pâlit. En la voyant pâlir sous son rouge, le vieux soldat, touché de la vive souffrance qu'il imposait à une femme jadis aimée avec ardeur, s'arrêta ; mais il en reçut un regard si venimeux, qu'il reprit tout à coup : « Vous étiez chez la...

— De grâce, monsieur, dit la comtesse à l'avoué, trouvez bon que je quitte la place. Je ne suis pas venue ici pour entendre de semblables horreurs. »

Elle se leva et sortit. Derville s'élança dans l'étude. La comtesse avait trouvé des ailes et s'était comme envolée. En revenant dans son cabinet, l'avoué trouva le colonel dans un violent accès de rage et se promenant à grands pas.

« Dans ce temps-là, chacun prenait sa femme où il voulait, disait-il ; mais j'ai eu tort de la mal choisir, de me fier à des apparences. Elle n'a pas de cœur.

— Eh bien, colonel, n'avais-je pas raison en

vous priant de ne pas venir ? Je suis maintenant certain de votre identité. Quand vous vous êtes montré, la comtesse a fait un mouvement dont la pensée n'était pas équivoque. Mais vous avez perdu votre procès, votre femme sait que vous êtes méconnaissable !

— Je la tuerai...

— Folie ! vous serez pris et guillotiné comme un misérable. D'ailleurs, peut-être manquerez-vous votre coup ! ce serait impardonnable, on ne doit jamais manquer sa femme quand on veut la tuer. Laissez-moi réparer vos sottises, grand enfant ! Allez-vous-en. Prenez garde à vous, elle serait capable de vous faire tomber dans quelque piège et de vous enfermer à Charenton. Je vais lui signifier nos actes afin de vous garantir de toute surprise. »

Le pauvre colonel obéit à son jeune bienfaiteur, et sortit en lui balbutiant des excuses. Il descendait lentement les marches de l'escalier noir, perdu dans de sombres pensées, accablé peut-être par le coup qu'il venait de recevoir, pour lui le plus cruel, le plus profondément enfoncé dans son cœur, lorsqu'il entendit, en parvenant au dernier palier, le frôlement d'une robe, et sa femme apparut.

« Venez, monsieur », lui dit-elle en lui prenant le bras par un mouvement semblable à ceux qui lui étaient familiers autrefois.

L'action de la comtesse, l'accent de sa voix redevenue gracieuse, suffirent pour calmer la colère du colonel, qui se laissa mener jusqu'à la voiture.

« Eh bien ! montez donc ! » lui dit la comtesse quand le valet eut achevé de déplier le marchepied.

Et il se trouva, comme par enchantement, assis près de sa femme dans le coupé.

« Où va madame ? demanda le valet.

— À Groslay », dit-elle.

Les chevaux partirent et traversèrent tout Paris.

« Monsieur !... », dit la comtesse au colonel d'un son de voix qui révélait une de ces émotions rares dans la vie, et par lesquelles tout en nous est agité.

En ces moments, cœur, fibres, nerfs, physionomie, âme et corps, tout, chaque pore même tressaille. La vie semble ne plus être en nous ; elle en sort et jaillit, elle se communique comme une contagion, se transmet par le regard, par l'accent de la voix, par le geste, en imposant notre vouloir aux autres. Le vieux soldat tressaillit en entendant ce seul mot, ce premier, ce terrible « Monsieur ! ». Mais aussi était-ce tout à la fois un reproche, une prière, un pardon, une espérance, un désespoir, une interrogation, une réponse. Ce mot comprenait tout. Il fallait être comédienne pour jeter tant d'éloquence, tant de sentiments dans un mot. Le vrai n'est pas si complet dans son expression, il ne met pas tout en dehors, il laisse voir tout ce qui est au-dedans. Le colonel eut mille remords de ses soupçons, de ses demandes, de sa colère, et baissa les yeux pour ne pas laisser deviner son trouble.

« Monsieur, reprit la comtesse après une pause imperceptible, je vous ai bien reconnu !

— Rosine, dit le vieux soldat, ce mot contient le seul baume qui pût me faire oublier mes malheurs. »

Deux grosses larmes roulèrent toutes chaudes sur les mains de sa femme, qu'il pressa pour exprimer une tendresse paternelle.

« Monsieur, reprit-elle, comment n'avez-vous pas deviné qu'il me coûtait horriblement de paraître devant un étranger dans une position aussi fausse que l'est la mienne ? Si j'ai à rougir de ma situation, que ce ne soit au moins qu'en famille. Ce secret ne devait-il pas rester enseveli dans nos cœurs ? Vous m'absoudrez, j'espère, de mon indifférence apparente pour les malheurs d'un Chabert à l'existence duquel je ne devais pas croire. J'ai reçu vos lettres, dit-elle vivement, en lisant sur les traits de son mari l'objection qui s'y exprimait, mais elles me parvinrent treize mois après la bataille d'Eylau ; elles étaient ouvertes, salies, l'écriture en était méconnaissable, et j'ai dû croire, après avoir obtenu la signature de Napoléon sur mon nouveau contrat de mariage, qu'un adroit intrigant voulait se jouer de moi. Pour ne pas troubler le repos de M. le comte Ferraud, et ne pas altérer les liens de la famille, j'ai donc dû prendre des précautions contre un faux Chabert. N'avais-je pas raison, dites ?

— Oui, tu as eu raison ; c'est moi qui suis un sot, un animal, une bête, de n'avoir pas su mieux calculer les conséquences d'une situation semblable. Mais où allons-nous ? dit le colonel en se voyant à la barrière de la Chapelle.

— À ma campagne, près de Groslay, dans la vallée de Montmorency. Là, monsieur, nous réfléchirons ensemble au parti que nous devons prendre. Je connais mes devoirs. Si je suis à vous en droit, je ne vous appartiens plus en fait.

Pouvez-vous désirer que nous devenions la fable de tout Paris ? N'instruisons pas le public de cette situation qui pour moi présente un côté ridicule, et sachons garder notre dignité. Vous m'aimez encore, reprit-elle en jetant sur le colonel un regard triste et doux ; mais, moi, n'ai-je pas été autorisée à former d'autres liens ? En cette singulière position, une voix secrète me dit d'espérer en votre bonté, qui m'est si connue. Aurais-je donc tort en vous prenant pour seul et unique arbitre de mon sort ? Soyez juge et partie. Je me confie à la noblesse de votre caractère. Vous aurez la générosité de me pardonner les résultats de fautes innocentes. Je vous l'avouerai donc, j'aime M. Ferraud. Je me suis crue en droit de l'aimer. Je ne rougis pas de cet aveu devant vous ; s'il vous offense, il ne nous déshonore point. Je ne puis vous cacher les faits. Quand le hasard m'a laissée veuve, je n'étais pas mère. »

Le colonel fit un signe de main à sa femme, pour lui imposer silence, et ils restèrent sans proférer un seul mot pendant une demi-lieue. Chabert croyait voir les deux petits enfants devant lui.

« Rosine !

— Monsieur ?

— Les morts ont donc bien tort de revenir ?

— Oh ! monsieur, non, non ! Ne me croyez pas ingrate. Seulement, vous trouvez une amante, une mère, là où vous aviez laissé une épouse. S'il n'est plus en mon pouvoir de vous aimer, je sais tout ce que je vous dois et puis vous offrir encore toutes les affections d'une fille.

— Rosine, reprit le vieillard d'une voix douce, je n'ai plus aucun ressentiment contre toi. Nous oublierons tout, ajouta-t-il avec un de ces sourires dont la grâce est toujours le reflet d'une belle âme. Je ne suis pas assez peu délicat pour exiger les semblants de l'amour chez une femme qui n'aime plus. »

La comtesse lui lança un regard empreint d'une telle reconnaissance, que le pauvre Chabert aurait voulu rentrer dans sa fosse d'Eylau. Certains hommes ont une âme assez forte pour de tels dévouements, dont la récompense se trouve pour eux dans la certitude d'avoir fait le bonheur d'une personne aimée.

« Mon ami, nous parlerons de tout ceci plus tard et à cœur reposé », dit la comtesse.

La conversation prit un autre cours, car il était impossible de la continuer longtemps sur ce sujet. Quoique les deux époux revinssent souvent à leur situation bizarre, soit par des allusions, soit sérieusement, ils firent un charmant voyage, se rappelant les événements de leur union passée et les choses de l'Empire. La comtesse sut imprimer un charme doux à ces souvenirs, et répandit dans la conversation une teinte de mélancolie nécessaire pour y maintenir la gravité. Elle faisait revivre l'amour sans exciter aucun désir, et laissait entrevoir à son premier époux toutes les richesses morales qu'elle avait acquises, en tâchant de l'accoutumer à l'idée de restreindre son bonheur aux seules jouissances que goûte un père près d'une fille chérie. Le colonel avait connu la comtesse de l'Empire, il revoyait une comtesse de la Restauration. Enfin les deux époux arrivèrent par un chemin de traverse à un grand parc situé dans la petite vallée qui sépare les hauteurs de Margency du joli village de Groslay. La comtesse possédait là une délicieuse maison où le colonel vit, en arrivant, tous les apprêts que nécessitaient son séjour et celui de sa femme. Le malheur est une espèce de talisman dont la vertu consiste à corroborer notre constitution primitive : il augmente la défiance et la méchanceté chez certains hommes, comme il accroît la bonté de ceux qui ont un cœur excellent.

L'infortune avait rendu le colonel encore plus secourable et meilleur qu'il ne l'avait été, il pouvait donc s'initier au secret des souffrances féminines qui sont inconnues à la plupart des hommes. Néanmoins, malgré son peu de défiance, il ne put s'empêcher de dire à sa femme : « Vous étiez donc bien sûre de m'emmener ici ?

— Oui, répondit-elle, si je trouvais le colonel Chabert dans le plaideur. »

L'air de vérité qu'elle sut mettre dans cette réponse dissipa les légers soupçons que le colonel eut honte d'avoir conçus. Pendant trois jours, la comtesse fut admirable près de son premier mari. Par de tendres soins et par sa constante douceur, elle semblait vouloir effacer le souvenir des souffrances qu'il avait endurées, se faire pardonner les malheurs que, suivant ses aveux, elle avait innocemment causés ; elle se plaisait à déployer pour lui, tout en lui faisant apercevoir une sorte de mélancolie, les charmes auxquels elle le savait faible, car nous sommes plus particulièrement accessibles à certaines

façons, à des grâces de cœur ou d'esprit auxquelles nous ne résistons pas ; elle voulait l'intéresser à sa situation, et l'attendrir assez pour
s'emparer de son esprit et disposer souverainement de lui. Décidée à tout pour arriver à ses
fins, elle ne savait pas encore ce qu'elle devait
faire de cet homme, mais certes elle voulait
l'anéantir socialement. Le soir du troisième
jour, elle sentit que, malgré ses efforts, elle ne
pouvait cacher les inquiétudes que lui causait le
résultat de ses manœuvres. Pour se trouver un
moment à l'aise, elle monta chez elle, s'assit à
son secrétaire, déposa le masque de tranquillité
qu'elle conservait devant le comte Chabert,
comme une actrice qui, rentrant fatiguée dans
sa loge après un cinquième acte pénible, tombe
demi-morte et laisse dans la salle une image
d'elle-même à laquelle elle ne ressemble plus.
Elle se mit à finir une lettre commencée qu'elle
écrivait à Delbecq, à qui elle disait d'aller, en
son nom, demander chez Derville communica-
tion des actes qui concernaient le colonel Chabert, de les copier et de venir aussitôt la trouver
à Groslay. À peine avait-elle achevé, qu'elle
entendit dans le corridor le bruit des pas du
colonel, qui, tout inquiet, venait la retrouver.

« Hélas ! dit-elle à haute voix, je voudrais être
morte ! Ma situation est intolérable...

— Eh bien, qu'avez-vous donc ? demanda le
bonhomme.

— Rien, rien », dit-elle.

Elle se leva, laissa le colonel et descendit pour
parler sans témoin à sa femme de chambre,
qu'elle fit partir pour Paris, en lui recomman-
dant de remettre elle-même à Delbecq la lettre

qu'elle venait d'écrire, et de la lui rapporter
aussitôt qu'il l'aurait lue. Puis la comtesse alla
s'asseoir sur un banc où elle était assez en vue
pour que le colonel vînt l'y trouver aussitôt qu'il
le voudrait. Le colonel, qui déjà cherchait sa
femme, accourut et s'assit près d'elle.

« Rosine, lui dit-il, qu'avez-vous ? »

Elle ne répondit pas. La soirée était une de
ces soirées magnifiques et calmes dont les
secrètes harmonies répandent, au mois de juin,
tant de suavité dans les couchers de soleil. L'air
était pur et le silence profond, en sorte que l'on
pouvait entendre dans le lointain du parc les
voix de quelques enfants qui ajoutaient une
sorte de mélodie aux sublimités du paysage.

« Vous ne me répondez pas ? demanda le
colonel à sa femme.

— Mon mari... », dit la comtesse, qui s'arrêta,
fit un mouvement et s'interrompit pour lui
demander en rougissant : « Comment dirai-je
en parlant de M. le comte Ferraud ?

— Nomme-le ton mari, ma pauvre enfant,
répondit le colonel avec un accent de bonté ;
n'est-ce pas le père de tes enfants ?

— Eh bien, reprit-elle, si monsieur me
demande ce que je suis venue faire ici, s'il
apprend que je m'y suis enfermée avec un
inconnu, que lui dirai-je ? Écoutez, monsieur,
reprit-elle en prenant une attitude pleine de
dignité, décidez de mon sort, je suis résignée à
tout...

— Ma chère, dit le colonel en s'emparant des
mains de sa femme, j'ai résolu de me sacrifier
entièrement à votre bonheur...

— Cela est impossible, s'écria-t-elle en laissant échapper un mouvement convulsif. Songez donc que vous devriez alors renoncer à vous-même, et d'une manière authentique...

— Comment, dit le colonel, ma parole ne vous suffit pas ? »

Le mot *authentique* tomba sur le cœur du vieillard et y réveilla des défiances involontaires. Il jeta sur sa femme un regard qui la fit rougir, elle baissa les yeux, et il eut peur de se trouver obligé de la mépriser. La comtesse craignait d'avoir effarouché la sauvage pudeur, la probité sévère d'un homme dont le caractère généreux, les vertus primitives lui étaient connus. Quoique ces idées eussent répandu quelques nuages sur leur front, la bonne harmonie se rétablit aussitôt entre eux. Voici comment. Un cri d'enfant retentit au loin.

« Jules, laissez votre sœur tranquille ! s'écria la comtesse.

— Quoi ! vos enfants sont ici ? dit le colonel.

— Oui, mais je leur ai défendu de vous importuner. »

Le vieux soldat comprit la délicatesse, le tact de femme renfermé dans ce procédé si gracieux, et prit la main de la comtesse pour la baiser.

« Qu'ils viennent donc », dit-il.

La petite fille accourait pour se plaindre de son frère.

« Maman !

— Maman !

— C'est lui qui...

— C'est elle... »

Les mains étaient étendues vers la mère, et les deux voix enfantines se mêlaient. Ce fut un tableau soudain et délicieux.

« Pauvres enfants ! s'écria la comtesse en ne retenant plus ses larmes, il faudra les quitter ; à qui le jugement les donnera-t-il ? On ne partage pas un cœur de mère, je les veux, moi !

— Est-ce vous qui faites pleurer maman ? dit Jules en jetant un regard de colère au colonel.

— Taisez-vous, Jules ! », s'écria la mère d'un air impérieux.

Les deux enfants restèrent debout et silencieux, examinant leur mère et l'étranger avec une curiosité qu'il est impossible d'exprimer par des paroles.

« Oh ! oui, reprit-elle, si l'on me sépare du comte, qu'on me laisse les enfants, et je serai soumise à tout... »

Ce fut un mot décisif qui obtint tout le succès qu'elle en avait espéré.

« Oui, s'écria le colonel comme s'il achevait une phrase mentalement commencée, je dois rentrer sous terre. Je me le suis déjà dit.

— Puis-je accepter un tel sacrifice ? répondit la comtesse. Si quelques hommes sont morts pour sauver l'honneur de leur maîtresse, ils n'ont donné leur vie qu'une fois. Mais, ici, vous donneriez votre vie tous les jours ! Non, non, cela est impossible. S'il ne s'agissait que de votre existence, ce ne serait rien ; mais signer que vous n'êtes pas le colonel Chabert, reconnaître que vous êtes un imposteur, donner votre honneur, commettre un mensonge à toute heure du jour, le dévouement humain ne saurait aller jusque-là. Songez donc ! Non. Sans mes pauvres enfants, je me serais déjà enfuie avec vous au bout du monde...

— Mais, reprit Chabert, est-ce que je ne puis

pas vivre ici, dans votre petit pavillon, comme un de vos parents ? Je suis usé comme un canon de rebut, il ne me faut qu'un peu de tabac et *le Constitutionnel*. »

La comtesse fondit en larmes. Il y eut entre la comtesse Ferraud et le colonel Chabert un combat de générosité d'où le soldat sortit vainqueur. Un soir, en voyant cette mère au milieu de ses enfants, le soldat fut séduit par les touchantes grâces d'un tableau de famille, à la campagne, dans l'ombre et le silence ; il prit la résolution de rester mort, et, ne s'effrayant plus de l'authenticité d'un acte, il demanda comment il fallait s'y prendre pour assurer irrévocablement le bonheur de cette famille.

« Faites comme vous voudrez ! lui répondit la comtesse, je vous déclare que je ne me mêlerai en rien de cette affaire. Je ne le dois pas. »

Delbecq était arrivé depuis quelques jours, et, suivant les instructions verbales de la comtesse, l'intendant avait su gagner la confiance du vieux militaire. Le lendemain matin donc, le colonel Chabert partit avec l'ancien avoué pour Saint-Leu-Taverny, où Delbecq avait fait préparer chez le notaire un acte conçu en termes si crus, que le colonel sortit brusquement de l'étude après en avoir entendu la lecture.

« Mille tonnerres ! je serais un joli coco ! Mais je passerais pour un faussaire, s'écria-t-il.

— Monsieur, lui dit Delbecq, je ne vous conseille pas de signer trop vite. À votre place, je tirerais au moins trente mille livres de rente de ce procès-là, car madame les donnerait. »

Après avoir foudroyé ce coquin émérite par le lumineux regard de l'honnête homme indigné,

le colonel s'enfuit, emporté par mille sentiments contraires. Il redevint défiant, s'indigna,
se calma tour à tour. Enfin il entra dans le parc
de Groslay par la brèche d'un mur, et vint à pas
lents se reposer et réfléchir à son aise dans un
cabinet pratiqué sous un kiosque d'où l'on
découvrait le chemin de Saint-Leu. L'allée étant
sablée avec cette espèce de terre jaunâtre par
laquelle on remplace le gravier de rivière, la
comtesse, qui était assise dans le petit salon de
cette espèce de pavillon, n'entendit pas le colonel, car elle était trop préoccupée du succès de
son affaire pour prêter la moindre attention au
léger bruit que fit son mari. Le vieux soldat
n'aperçut pas non plus sa femme au-dessus de
lui dans le petit pavillon.

« Eh bien, monsieur Delbecq, a-t-il signé ?
demanda la comtesse à son intendant, qu'elle
vit seul sur le chemin par-dessus la haie d'un
saut-de-loup.

— Non, madame. Je ne sais même pas ce que
notre homme est devenu. Le vieux cheval s'est
cabré.

— Il faudra donc finir par le mettre à Charenton, dit-elle, puisque nous le tenons. »

Le colonel, qui retrouva l'élasticité de la jeunesse pour franchir le saut-de-loup, fut en un
clin d'œil devant l'intendant, auquel il appliqua
la plus belle paire de soufflets qui jamais ait été
reçue sur deux joues de procureur.

« Ajoute que les vieux chevaux savent ruer »,
lui dit-il.

Cette colère dissipée, le colonel ne se sentit
plus la force de sauter le fossé. La vérité s'était
montrée dans sa nudité. Le mot de la comtesse

et la réponse de Delbecq avaient dévoilé le complot dont il allait être victime. Les soins qui lui avaient été prodigués étaient une amorce pour le prendre dans un piège. Ce mot fut comme une goutte de quelque poison subtil qui détermina chez le vieux soldat le retour de ses douleurs et physiques et morales. Il revint vers le kiosque par la porte du parc, en marchant lentement, comme un homme affaissé. Donc, ni paix ni trêve pour lui ! Dès ce moment, il fallait commencer avec cette femme la guerre odieuse dont lui avait parlé Derville, entrer dans une vie de procès, se nourrir de fiel, boire chaque matin un calice d'amertume. Puis, pensée affreuse, où trouver l'argent nécessaire pour payer les frais des premières instances ? Il lui prit un si grand dégoût de la vie, que, s'il y avait eu de l'eau près de lui, il s'y serait jeté ; que, s'il avait eu des pistolets, il se serait brûlé la cervelle. Puis il retomba dans l'incertitude d'idées qui, depuis sa conversation avec Derville chez le nourrisseur, avait changé son moral. Enfin, arrivé devant le kiosque, il monta dans le cabinet aérien dont les rosaces de verre offraient la vue de chacune des ravissantes perspectives de la vallée, et où il trouva sa femme assise sur une chaise. La comtesse examinait le paysage et gardait une contenance pleine de calme en montrant cette impénétrable physionomie que savent prendre les femmes déterminées à tout. Elle s'essuya les yeux comme si elle eût versé des pleurs, et joua par un geste distrait avec le long ruban rose de sa ceinture. Néanmoins, malgré son assurance apparente, elle ne put s'empêcher de frissonner en voyant devant elle son vénérable bienfaiteur, debout, les bras croisés, la figure pâle, le front sévère.

« Madame, dit-il après l'avoir regardée fixement pendant un moment et l'avoir forcée à rougir, madame, je ne vous maudis pas, je vous méprise. Maintenant, je remercie le hasard qui nous a désunis. Je ne sens même pas un désir de vengeance, je ne vous aime plus. Je ne veux rien de vous. Vivez tranquille sur la foi de ma parole, elle vaut mieux que les griffonnages de tous les notaires de Paris. Je ne réclamerai jamais le nom que j'ai peut-être illustré. Je ne suis plus qu'un pauvre diable nommé Hyacinthe, qui ne demande que sa place au soleil. Adieu... »

La comtesse se jeta aux pieds du colonel, et voulut le retenir en lui prenant les mains ; mais il la repoussa avec dégoût en lui disant : « Ne me touchez pas. »

La comtesse fit un geste intraduisible lorsqu'elle entendit le bruit des pas de son mari. Puis, avec la profonde perspicacité que donne une haute scélératesse ou le féroce égoïsme du monde, elle crut pouvoir vivre en paix sur la promesse et le mépris de ce loyal soldat.

Chabert disparut en effet. Le nourrisseur fit faillite et devint cocher de cabriolet. Peut-être le colonel s'adonna-t-il d'abord à quelque industrie du même genre. Peut-être, semblable à une pierre lancée dans un gouffre, alla-t-il, de cascade en cascade, s'abîmer dans cette boue de haillons qui foisonne à travers les rues de Paris.

Six mois après cet événement, Derville, qui n'entendait plus parler ni du colonel Chabert ni de la comtesse Ferraud, pensa qu'il était survenu sans doute entre eux une transaction, que, par vengeance, la comtesse avait fait dresser dans une autre étude. Alors, un matin, il supputa les sommes avancées audit Chabert, y ajouta les frais, et pria la comtesse Ferraud de réclamer à M. le comte Chabert le montant de ce mémoire, en présumant qu'elle savait où se trouvait son premier mari.

Le lendemain même, l'intendant du comte Ferraud, récemment nommé président du tribunal de première instance dans une ville importante, écrivit à Derville ce mot désolant :

« Monsieur,

« Madame la comtesse Ferraud me charge de vous prévenir que votre client avait complètement abusé de votre confiance, et que l'individu qui disait être le comte Chabert a reconnu avoir indûment pris de fausses qualités.

« Agréez, etc.

DELBECQ. »

« On rencontre des gens qui sont aussi, ma parole d'honneur, par trop bêtes. Ils ont volé le baptême, s'écria Derville. Soyez donc humain, généreux, philanthrope et avoué, vous vous faites enfoncer ! Voilà une affaire qui me coûte plus de deux billets de mille francs. »

Quelque temps après la réception de cette lettre, Derville cherchait au Palais un avocat auquel il voulait parler, et qui plaidait à la police correctionnelle. Le hasard voulut que Derville entrât à la sixième chambre au moment où le président condamnait comme vagabond le nommé Hyacinthe à deux mois de prison, et ordonnait qu'il fût ensuite conduit au dépôt de mendicité de Saint-Denis, sentence qui, d'après la jurisprudence des préfets de police, équivaut à une détention perpétuelle.

Au nom d'Hyacinthe, Derville regarda le délinquant assis entre deux gendarmes sur le banc des prévenus, et reconnut, dans la personne du condamné, son faux colonel Chabert. Le vieux soldat était calme, immobile, presque distrait. Malgré ses haillons, malgré la misère empreinte sur sa physionomie, elle déposait d'une noble fierté. Son regard avait une expression de stoïcisme qu'un magistrat n'aurait pas dû méconnaître ; mais, dès qu'un homme tombe entre les mains de la justice, il n'est plus qu'un être moral, une question de Droit ou de Fait, comme aux yeux des statisticiens il devient un chiffre.

Quand le soldat fut reconduit au Greffe pour être emmené plus tard avec la fournée de vagabonds que l'on jugeait en ce moment, Derville usa du droit qu'ont les avoués d'entrer partout au Palais, l'accompagna au Greffe et l'y contempla pendant quelques instants, ainsi que les curieux mendiants parmi lesquels il se trouvait. L'antichambre du Greffe offrait alors un de ces spectacles que malheureusement ni les législateurs, ni les philanthropes, ni les peintres, ni les écrivains ne viennent étudier. Comme tous les laboratoires de la chicane, cette antichambre est une pièce obscure et puante, dont les murs sont garnis d'une banquette en bois noirci par le séjour perpétuel des malheureux qui viennent à ce rendez-vous de toutes les misères sociales, et auquel pas un ne manque. Un poète dirait que le jour a honte d'éclairer ce terrible égout par lequel passent tant d'infortunes ! Il n'est pas une seule place où ne se soit assis quelque crime en germe ou consommé ; pas un seul endroit où ne se soit rencontré quelque homme qui, désespéré par la légère flétrissure que la justice avait imprimée à sa première faute, n'ait commencé une existence au bout de laquelle devait se dresser la guillotine, ou détoner le pistolet du suicide. Tous ceux qui tombent sur le pavé de Paris rebondissent contre ces murailles jaunâtres, sur lesquelles un philanthrope qui ne serait pas un spéculateur pourrait déchiffrer la justification des nombreux suicides dont se plaignent des écrivains hypocrites, incapables de faire un pas pour les prévenir, et qui se trouve écrite dans cette antichambre, espèce de préface pour les drames de la Morgue ou pour ceux de la place de Grève.

En ce moment, le colonel Chabert s'assit au milieu de ces hommes à faces énergiques, vêtus des horribles livrées de la misère, silencieux par intervalles, ou causant à voix basse, car trois gendarmes de faction se promenaient en faisant retentir leurs sabres sur le plancher.

« Me reconnaissez-vous ? dit Derville au vieux soldat en se plaçant devant lui.

— Oui, monsieur, répondit Chabert en se levant.

— Si vous êtes un honnête homme, reprit Derville à voix basse, comment avez-vous pu rester mon débiteur ? »

Le vieux soldat rougit comme aurait pu le faire une jeune fille accusée par sa mère d'un amour clandestin.

« Quoi ! madame Ferraud ne vous a pas
payé ? s'écria-t-il à haute voix.

— Payé ! dit Derville. Elle m'a écrit que vous
étiez un intrigant. »

Le colonel leva les yeux par un sublime mouvement d'horreur et d'imprécation, comme
pour en appeler au Ciel de cette tromperie nouvelle.

« Monsieur, dit-il d'une voix calme à force
d'altération, obtenez des gendarmes la faveur
de me laisser entrer au Greffe, je vais vous
signer un mandat qui sera certainement
acquitté. »

Sur un mot dit par Derville au brigadier, il lui
fut permis d'emmener son client dans le Greffe,
où Hyacinthe écrivit quelques lignes adressées à
la comtesse Ferraud.

« Envoyez cela chez elle, dit le soldat, et vous
serez remboursé de vos frais et de vos avances.
Croyez, monsieur, que, si je ne vous ai pas
témoigné la reconnaissance que je vous dois
pour vos bons offices, elle n'en est pas moins là,
dit-il en se mettant la main sur le cœur. Oui,
elle est là, pleine et entière. Mais que peuvent
les malheureux ? Ils aiment, voilà tout.

— Comment, lui dit Derville, n'avez-vous pas
stipulé pour vous quelque rente ?

— Ne me parlez pas de cela ! répondit le
vieux militaire. Vous ne pouvez pas savoir
jusqu'où va mon mépris pour cette vie extérieure à laquelle tiennent la plupart des
hommes. J'ai subitement été pris d'une maladie, le dégoût de l'humanité. Quand je pense
que Napoléon est à Sainte-Hélène, tout ici-bas
m'est indifférent. Je ne puis plus être soldat,

voilà tout mon malheur. Enfin, ajouta-t-il en faisant un geste plein d'enfantillage, il vaut mieux avoir du luxe dans ses sentiments que sur ses habits. Je ne crains, moi, le mépris de personne. »

Et le colonel alla se remettre sur son banc. Derville sortit. Quand il revint à son étude, il envoya Godeschal, alors son second clerc, chez la comtesse Ferraud, qui, à la lecture du billet, fit immédiatement payer la somme due à l'avoué du comte Chabert.

En 1840, vers la fin du mois de juin, Godeschal, alors avoué, allait à Ris, en compagnie de Derville, son prédécesseur. Lorsqu'ils parvinrent à l'avenue qui conduit de la grande route à Bicêtre, ils aperçurent sous un des ormes du chemin un de ces vieux pauvres chenus et cassés qui ont obtenu le bâton de maréchal des mendiants, en vivant à Bicêtre comme les femmes indigentes vivent à la Salpêtrière. Cet homme, l'un des deux mille malheureux logés dans l'*hospice de la Vieillesse*, était assis sur une borne et paraissait concentrer toute son intelligence dans une opération bien connue des invalides, et qui consiste à faire sécher au soleil le tabac de leurs mouchoirs, pour éviter de les blanchir peut-être. Ce vieillard avait une physionomie attachante. Il était vêtu de cette robe de drap rougeâtre que l'Hospice accorde à ses hôtes, espèce de livrée horrible.

« Tenez, Derville, dit Godeschal à son compagnon de voyage, voyez donc ce vieux. Ne ressemble-t-il pas à ces grotesques qui nous viennent d'Allemagne ? Et cela vit, et cela est heureux peut-être. »

Derville prit son lorgnon, regarda le pauvre, laissa échapper un mouvement de surprise et dit :

« Ce vieux-là, mon cher, est tout un poème, ou, comme disent les romantiques, un drame. As-tu rencontré quelquefois la comtesse Ferraud ?

— Oui, c'est une femme d'esprit et très agréable ; mais un peu trop dévote, dit Godeschal.

— Ce vieux bicêtrien est son mari légitime, le comte Chabert, l'ancien colonel ; elle l'aura sans doute fait placer là. S'il est dans cet hospice au lieu d'habiter un hôtel, c'est uniquement pour avoir rappelé à la jolie comtesse Ferraud qu'il l'avait prise, comme un fiacre, sur la place. Je me souviens encore du regard de tigre qu'elle lui jeta dans ce moment-là. »

Ce début ayant excité la curiosité de Godeschal, Derville lui raconta l'histoire qui précède. Deux jours après, le lundi matin, en revenant à Paris, les deux amis jetèrent un coup d'œil sur Bicêtre, et Derville proposa d'aller voir le colonel Chabert. À moitié chemin de l'avenue, les deux amis trouvèrent assis sur la souche d'un arbre abattu le vieillard, qui tenait à la main un bâton et s'amusait à tracer des raies sur le sable. En le regardant attentivement, ils s'aperçurent qu'il venait de déjeuner autre part qu'à l'établissement.

« Bonjour, colonel Chabert, lui dit Derville.

— Pas Chabert ! pas Chabert ! je me nomme Hyacinthe, répondit le vieillard. Je ne suis plus un homme, je suis le numéro 164, septième salle », ajouta-t-il en regardant Derville avec une anxiété peureuse, avec une crainte de vieillard et d'enfant. « Vous allez voir le condamné à mort ? dit-il après un moment de silence. Il n'est pas marié, lui ! Il est bien heureux.

— Pauvre homme, dit Godeschal. Voulez-vous de l'argent pour acheter du tabac ? »

Avec toute la naïveté d'un gamin de Paris, le colonel tendit avidement la main à chacun des deux inconnus, qui lui donnèrent une pièce de vingt francs ; il les remercia par un regard stupide, en disant : « Braves troupiers ! » Il se mit au port d'armes, feignit de les coucher en joue, et s'écria en souriant : « Feu des deux pièces ! vive Napoléon ! » Et il décrivit en l'air avec sa canne une arabesque imaginaire.

« Le genre de sa blessure l'aura fait tomber en enfance, dit Derville.

— Lui en enfance ! s'écria un vieux bicêtrien qui les regardait. Ah ! il y a des jours où il ne faut pas lui marcher sur le pied. C'est un vieux malin plein de philosophie et d'imagination. Mais, aujourd'hui, que voulez-vous ! il a fait le lundi. Monsieur, en 1820, il était déjà ici. Pour lors, un officier prussien, dont la calèche montait la côte de Villejuif, vint à passer à pied. Nous étions nous deux, Hyacinthe et moi, sur le bord de la route. Cet officier causait en marchant avec un autre, avec un Russe, ou quelque animal de la même espèce, lorsqu'en voyant l'ancien, le Prussien, histoire de blaguer, lui dit : "Voilà un vieux voltigeur qui devait être à Rosbach. — J'étais trop jeune pour y être, lui répondit-il ; mais j'ai été assez vieux pour me trouver à Iéna." Pour lors, le Prussien a filé, sans faire d'autres questions.

— Quelle destinée ! s'écria Derville. Sorti de
l'*hospice des Enfants trouvés*, il revient mourir à
l'*hospice de la Vieillesse*, après avoir, dans l'inter-
valle, aidé Napoléon à conquérir l'Égypte et
l'Europe. Savez-vous, mon cher, reprit Derville
après une pause, qu'il existe dans notre société
trois hommes, le Prêtre, le Médecin et l'Homme
de justice, qui ne peuvent pas estimer le
monde ? Ils ont des robes noires, peut-être
parce qu'ils portent le deuil de toutes les vertus,
de toutes les illusions. Le plus malheureux des
trois est l'avoué. Quand l'homme vient trouver
le prêtre, il arrive poussé par le repentir, par le
remords, par des croyances qui le rendent intéressant, qui le grandissent, et consolent l'âme
du médiateur, dont la tâche ne va pas sans une
sorte de jouissance : il purifie, il répare, et
réconcilie. Mais, nous autres avoués, nous
voyons se répéter les mêmes sentiments mauvais, rien ne les corrige, nos études sont des
égouts qu'on ne peut pas curer. Combien de
choses n'ai-je pas apprises en exerçant ma
charge ! J'ai vu mourir un père dans un grenier,
sans sou ni maille, abandonné par deux filles
auxquelles il avait donné quarante mille livres
de rente ! J'ai vu brûler des testaments ; j'ai vu
des mères dépouillant leurs enfants, des maris
volant leurs femmes, des femmes tuant leurs
maris en se servant de l'amour qu'elles leur
inspiraient pour les rendre fous ou imbéciles,
afin de vivre en paix avec un amant. J'ai vu des
femmes donnant à l'enfant d'un premier lit des
goûts qui devaient amener sa mort, afin d'enri-
chir l'enfant de l'amour. Je ne puis vous dire
tout ce que j'ai vu, car j'ai vu des crimes contre

lesquels la justice est impuissante. Enfin, toutes les horreurs que les romanciers croient inventer sont toujours au-dessous de la vérité. Vous allez connaître ces jolies choses-là, vous ; moi, je vais vivre à la campagne avec ma femme. Paris me fait horreur.

— J'en ai déjà bien vu chez Desroches », répondit Godeschal.

Paris, février-mars 1832.

I

PEINES DE CŒUR
D'UNE CHATTE ANGLAISE

Quand le Compte rendu de votre première séance est arrivé à Londres, ô Animaux français ! il a fait battre le cœur des amis de la Réforme Animale. Dans mon petit particulier, je possédais tant de preuves de la supériorité des Bêtes sur l'Homme, qu'en ma qualité de Chatte anglaise, je vis l'occasion souvent souhaitée de faire paraître le roman de ma vie, afin de montrer comment mon pauvre moi fut tourmenté par les lois hypocrites de l'Angleterre. Déjà deux fois des Souris, que j'ai fait vœu de respecter depuis le *bill* de votre auguste parlement, m'avaient conduite chez Colburn, et je m'étais demandé, en voyant de vieilles miss, des ladies entre deux âges et même de jeunes mariées corrigeant les épreuves de leurs livres, pourquoi, ayant des griffes, je ne m'en servirais pas aussi. On ignorera toujours ce que pensent les femmes, surtout celles qui se mêlent d'écrire ; tandis qu'une Chatte, victime de la perfidie anglaise, est intéressée à dire plus que sa pensée, et ce qu'elle écrit de trop peut compenser ce que taisent ces illustres ladies. J'ai l'ambition d'être la mistriss Inchbald des Chattes, et vous prie d'avoir égard à mes nobles efforts, ô Chats français, chez lesquels a pris naissance la plus grande maison de notre race, celle du Chat-Botté, type éternel de l'Annonce, et que tant d'Hommes ont imité sans lui avoir encore élevé de statue.

Je suis née chez un ministre du Catshire, auprès de la petite ville de Miaulbury. La fécondité de ma mère condamnait presque tous ses enfants à un sort cruel, car vous savez qu'on ne sait pas encore à quelle cause attribuer l'intempérance de maternité chez les Chattes anglaises, qui menacent de peupler le monde entier. Les Chats et les Chattes attribuent, chacun de leur côté, ce résultat à leur amabilité et à leurs propres vertus. Mais quelques observateurs impertinents disent que les Chats et les Chattes sont soumis en Angleterre à des convenances si parfaitement ennuyeuses, qu'ils ne trouvent les moyens de se distraire que dans ces petites occupations de famille. D'autres prétendent qu'il y a là de grandes questions d'industrie et de politique, à cause de la domination anglaise dans les Indes ; mais ces questions sont peu décentes sous mes pattes, et je les laisse à l'*Edinburgh Review*. Je fus exceptée de la noyade constitutionnelle, à cause de l'entière blancheur de ma robe. Aussi me nomma-t-on Beauty. Hélas ! la pauvreté du ministre, qui avait une femme et onze filles, ne lui permettait pas de me garder. Une vieille fille remarqua chez moi une sorte d'affection pour la Bible du ministre ; je m'y posais toujours, non par religion, mais je ne voyais pas d'autre place propre dans le ménage. Elle crut peut-être que j'appartiendrais à la secte des Animaux sacrés qui a déjà fourni l'ânesse de Balaam, et me prit avec elle. Je n'avais alors que deux mois. Cette vieille fille, qui donnait des soirées auxquelles elle invitait par des billets qui promettaient *thé* et *Bible*, essaya de me communiquer la fatale science des filles d'Ève ; elle y réussit par une méthode protestante qui consiste à vous faire de si longs raisonnements sur la dignité personnelle et sur les obligations de l'extérieur, que, pour ne pas les entendre, on subirait le martyre.

Un matin, moi, pauvre petite fille de la nature, attirée par de la crème contenue dans un bol, sur lequel un *muffing* était posé en travers, je donnai un coup de patte au *muffing*, je lapai la crème ; puis, dans la joie, et peut-être aussi par un effet de la faiblesse de mes jeunes organes, je me livrai, sur le tapis ciré, au plus impérieux besoin qu'éprouvent les jeunes Chattes. En apercevant la preuve de ce qu'elle nomma *mon intempérance* et mon défaut d'éducation, elle me saisit et me fouetta vigoureusement avec des verges de bouleau, en protestant qu'elle ferait de moi une lady, ou qu'elle m'abandonnerait.

— Voilà qui est gentil ! disait-elle. Apprenez, miss Beauty, que les Chattes anglaises enveloppent dans le plus profond mystère les choses naturelles qui peuvent porter atteinte au respect anglais, et bannissent tout ce qui est *improper*, en appliquant à la créature, comme vous l'avez entendu dire au révérend docteur Simpson, les lois faites par Dieu pour la création. Avez-vous jamais vu la Terre se comporter indécemment ?

N'appartenez-vous pas d'ailleurs à la secte des *saints* (prononcez *seintz*), qui marchent très lentement le dimanche pour bien faire sentir qu'ils se promènent ? Apprenez à souffrir mille morts plutôt que de révéler vos désirs : c'est en ceci que consiste la vertu des *saints*. Le plus beau privilège des Chattes est de se sauver avec la grâce qui vous caractérise, et d'aller, on ne sait où, faire leurs petites toilettes. Vous ne vous montrerez ainsi aux regards que dans votre beauté. Trompé par les apparences, tout le monde vous prendra pour un ange. Désormais, quand pareille envie vous saisira, regardez la croisée, ayez l'air de vouloir vous promener, et vous irez dans un taillis ou sur une gouttière. Si l'eau, ma fille, est la gloire de l'Angleterre, c'est précisément parce que l'Angleterre sait s'en servir, au lieu de la laisser tomber, comme une sotte, ainsi que font les Français, qui n'auront jamais de marine, à cause de leur indifférence pour l'eau.

Je trouvai, dans mon simple bon sens de Chatte, qu'il y avait beaucoup d'hypocrisie dans cette doctrine ; mais j'étais si jeune !

— Et quand je serai dans la gouttière ? pensai-je en regardant la vieille fille.

— Une fois seule, et bien sûre de n'être vue de personne, eh bien ! Beauty, tu pourras sacrifier les convenances avec d'autant plus de charme que tu te seras plus retenue en public. En ceci éclate la perfection de la morale anglaise qui s'occupe exclusivement des apparences, ce monde n'étant hélas ! qu'apparence et déception.

J'avoue que tout mon bon sens d'animal se

révoltait contre ces déguisements ; mais, à force d'être fouettée, je finis par comprendre que la propreté extérieure devait être toute la vertu d'une chatte anglaise. Dès ce moment, je m'habituai à cacher sous les lits les friandises que j'aimais. Jamais personne ne me vit ni mangeant, ni buvant, ni faisant ma toilette. Je fus regardée comme la perle des Chattes.

J'eus alors l'occasion de remarquer la bêtise des Hommes qui se disent savants. Parmi les docteurs et autres gens appartenant à la société de ma maîtresse, il y avait ce Simpson, espèce d'imbécile, fils d'un riche propriétaire, qui attendait un bénéfice, et qui, pour le mériter, donnait des explications religieuses de tout ce que faisaient les Animaux. Il me vit un soir lapant du lait dans une tasse, et fis compliment à la vieille fille de la manière dont j'étais élevée, en me voyant lécher premièrement les bords de l'assiette, et allant toujours en tournant et diminuant le cercle du lait.

— Voyez, dit-il, comme dans une sainte compagnie tout se perfectionne : Beauty a le sentiment de l'éternité, car elle décrit le cercle qui en est l'emblème, tout en lapant son lait.

La conscience m'oblige à dire que l'aversion des Chattes pour mouiller leurs poils était la seule cause de ma façon de boire dans cette assiette ; mais nous serons toujours mal jugés par les savants, qui se préoccupent beaucoup plus de montrer leur esprit que de chercher le nôtre.

Quand les Dames ou les Hommes me prenaient pour passer leurs mains sur mon dos de neige et faire jaillir des étincelles de mes poils,

la vieille fille disait avec orgueil : « Vous pouvez
la garder sans avoir rien à craindre pour votre
robe, elle est admirablement bien élevée ! » Tout
le monde disait de moi que j'étais un ange : on
me prodiguait les friandises et les mets les plus
délicats ; mais je déclare que je m'ennuyais profondément. Je compris très bien qu'une jeune
Chatte du voisinage avait pu s'enfuir avec un
Matou. Ce mot de Matou causa comme une
maladie à mon âme que rien ne pouvait guérir,
pas même les compliments que je recevais, ou
plutôt que ma maîtresse se donnait à elle-
même : « Beauty est tout à fait morale, c'est un
petit ange, disait-elle. Quoiqu'elle soit très belle,
elle a l'air de ne pas le savoir. Elle ne regarde
jamais personne, ce qui est le comble des belles
éducations aristocratiques ; il est vrai qu'elle se
laisse voir très volontiers ; mais elle a surtout
cette parfaite insensibilité que nous demandons
à nos jeunes miss, et que nous ne pouvons
obtenir que très difficilement. Elle attend qu'on
la veuille pour venir, elle ne saute jamais sur
vous familièrement, personne ne la voit quand
elle mange, et certes ce monstre de lord Byron
l'eût adorée. En bonne et vraie Anglaise, elle
aime le thé, se tient gravement quand on
explique la Bible, et ne pense de mal de personne, ce qui lui permet d'en entendre dire. Elle
est simple et sans aucune affectation, elle ne fait
aucun cas des bijoux ; donnez-lui une bague,
elle ne la gardera pas ; enfin elle n'imite pas la
vulgarité de celles qui chassent, elle aime le
home et reste si parfaitement tranquille, que
parfois vous croiriez que c'est une Chatte mécanique faite à Birmingham ou à Manchester, ce
qui est le *nec plus ultra* de la belle éducation. »

Ce que les Hommes et les vieilles filles nomment l'éducation est une habitude à prendre pour dissimuler les penchants les plus naturels, et quand ils nous ont entièrement dépravées, ils disent que nous sommes bien élevées. Un soir, ma maîtresse pria l'une des jeunes miss de chanter. Quand cette jeune fille se fut mise au piano et chanta, je reconnus aussitôt les mélodies irlandaises que j'avais entendues dans mon enfance, et je compris que j'étais musicienne aussi. Je mêlai donc ma voix à celle de la jeune fille ; mais je reçus des tapes de colère, tandis que la miss recevait des compliments. Cette souveraine injustice me révolta, je me sauvai dans les greniers. Amour sacré de la patrie ! oh ! quelle nuit délicieuse ! Je sus ce que c'était que des gouttières ! J'entendis les hymnes chantés par les Chats à d'autres Chattes, et ces adorables élégies me firent prendre en pitié les hypocrisies que ma maîtresse m'avait forcée d'apprendre. Quelques Chattes m'aperçurent alors et parurent prendre de l'ombrage de ma présence, quand un Chat au poil hérissé, à barbe magnifique, et qui avait une grande tournure, vint m'examiner, et dit à la compagnie : « C'est un enfant ! » A ces paroles de mépris, je me mis à bondir sur les tuiles et à caracoler avec l'agilité qui nous distingue, je tombai sur mes pattes de cette façon flexible et douce qu'aucun animal ne saurait imiter, afin de prouver que je n'étais pas si enfant. Mais ces chatteries furent en pure perte. « Quand me chantera-t-on des hymnes ! » me dis-je. L'aspect de ces fiers Matous, leurs mélodies, que la voix humaine ne rivalisera jamais, m'avaient profondément émue, et me faisaient faire de petites poésies que je chantais dans les escaliers. Mais un événement immense allait s'accomplir, qui m'arracha brusquement à cette innocente vie. Je devais être emmenée à Londres par la nièce de ma maîtresse, une riche héritière qui s'affola de moi, qui me baisait, me caressait avec une sorte de rage et qui me plut tant, que je m'y attachai, contre toutes nos habitudes. Nous ne nous quittâmes point, et je pus observer le grand monde à Londres pendant la saison. C'est là que je devais étudier la perversité des mœurs anglaises qui s'est étendue jusqu'aux Bêtes, y connaître ce *cant* que lord Byron a maudit, et dont je suis victime, aussi bien que lui, mais sans avoir publié mes heures de loisirs.

Arabelle, ma maîtresse, était une jeune personne comme il y en a beaucoup en Angleterre : elle ne savait pas trop qui elle voulait pour mari. La liberté absolue qu'on laisse aux jeunes filles dans le choix d'un homme les rend presque folles, surtout quand elles songent à la rigueur des mœurs anglaises, qui n'admettent aucune conversation particulière après le mariage. J'étais loin de penser que les Chattes de Londres avaient adopté cette sévérité, que les lois anglaises me seraient cruellement appliquées, et que je subirais un jugement à la cour des terribles *Doctors commons*. Arabelle accueillait très bien tous les hommes qui lui étaient présentés, et chacun pouvait croire qu'il épouserait cette belle fille ; mais, quand les choses menaçaient de se terminer, elle trouvait des prétextes pour rompre, et je dois avouer que cette conduite me paraissait peu convenable. « Épouser un Homme qui a le genou cagneux ! jamais, disait-elle de l'un. Quant à ce petit, il a le nez camus. » Les Hommes m'étaient si parfaitement indifférents, que je ne comprenais rien à ces incertitudes fondées sur des différences purement physiques.

Enfin, un jour, un vieux pair d'Angleterre lui dit en me voyant : « Vous avez une bien jolie Chatte, elle vous ressemble, elle est blanche, elle est jeune, il lui faut un mari ; laissez-moi lui présenter un magnifique Angora que j'ai chez moi. »

Trois jours après, le pair amena le plus beau Matou de la Pairie. Puff, noir de robe, avait les plus magnifiques yeux, verts et jaunes, mais froids et fiers. Sa queue, remarquable par des anneaux jaunâtres, balayait le tapis de ses poils longs et soyeux. Peut-être venait-il de la maison impériale d'Autriche, car il en portait, comme vous voyez, les couleurs. Ses manières étaient celles d'un Chat qui a vu la cour et le beau monde. Sa sévérité, en matière de tenue, était si grande, qu'il ne se serait pas gratté, devant le monde, la tête avec la patte. Puff avait voyagé sur le continent. Enfin il était si remarquablement beau, qu'il avait été, disait-on, caressé par la reine d'Angleterre. Moi, simple et naïve, je lui sautai au cou pour l'engager à jouer ; mais il s'y refusa sous prétexte que nous étions devant tout le monde. Je m'aperçus alors que le pair d'Angleterre devait à l'âge et à des excès de table cette gravité postiche et forcée qu'on appelle en Angleterre *respectability*. Son embonpoint, que les hommes admiraient, gênait ses mouvements. Telle était sa véritable raison pour ne pas

répondre à mes gentillesses : il resta calme et
froid sur son *innommable*, agitant ses barbes,
me regardant et fermant parfois les yeux. Puff
était, dans le beau monde des Chats anglais, le
plus riche parti pour une Chatte née chez un
ministre : il avait deux valets à son service, il
mangeait dans de la porcelaine chinoise, il ne
buvait que du thé noir, il allait en voiture à
Hyde-Park et entrait au parlement. Ma maîtresse le garda chez elle. À mon insu, toute la
population féline de Londres apprit que miss
Beauty du Catshire épousait l'illustre Puff, mar-
qué aux couleurs d'Autriche. Pendant la nuit,
j'entendis un concert dans la rue : je descendis,
accompagnée de milord qui, pris par sa goutte,
allait lentement. Nous trouvâmes les Chattes de
la Pairie qui venaient me féliciter et m'engager à
entrer dans leur Société Ratophile. Elles
m'expliquèrent qu'il n'y avait rien de plus
commun que de courir après les Rats et les
Souris. Les mots *shocking, vulgar*, furent sur
toutes les lèvres. Enfin elles avaient formé pour
la gloire du pays une Société de Tempérance.
Quelques nuits après, milord et moi nous
allâmes sur les toits d'Almack's entendre un
Chat gris qui devait parler sur la question. Dans
une exhortation, qui fut appuyée par des *Écoutez ! Écoutez !* il prouva que saint Paul, en écri-
vant sur la charité, parlait également aux Chats
et aux Chattes de l'Angleterre. Il était donc
réservé à la race anglaise, qui pouvait aller d'un
bout du monde à l'autre sur ses vaisseaux sans
avoir à craindre l'eau, de répandre les principes
de la morale ratophile. Aussi, sur tous les points
du globe, des Chats anglais prêchaient-ils déjà

les saines doctrines de la Société qui d'ailleurs étaient fondées sur les découvertes de la science. On avait anatomisé les Rats et les Souris, on avait trouvé peu de différence entre eux et les Chats : l'oppression des uns par les autres était donc contre le Droit des Bêtes, qui est plus solide encore que le Droit des Gens. « Ce sont nos frères », dit-il. Et il fit une si belle peinture des souffrances d'un Rat pris dans la gueule d'un Chat, que je me mis à fondre en larmes.

En me voyant la dupe de ce *speech*, lord Puff me dit confidentiellement que l'Angleterre comptait faire un immense commerce avec les Rats et les Souris ; que si les autres Chats n'en mangeaient plus, les Rats seraient à meilleur marché ; que derrière la morale anglaise il y avait toujours quelque raison de comptoir ; et que cette alliance de la morale et du mercantilisme était la seule alliance sur laquelle comptait réellement l'Angleterre.

Puff me parut être un trop grand politique pour pouvoir jamais faire un bon mari.

Un Chat campagnard *(country gentleman)* fit observer que, sur le continent, les Chats et les Chattes étaient sacrifiés journellement par les catholiques, surtout à Paris, aux environs des barrières (on lui criait : *À la question !*). On joignait à ces cruelles exécutions une affreuse calomnie en faisant passer ces Animaux courageux pour des Lapins, mensonge et barbarie qu'il attribuait à l'ignorance de la vraie religion anglicane, qui ne permet le mensonge et les fourberies que dans les questions de gouvernement, de politique extérieure et de cabinet.

On le traita de radical et de rêveur. « Nous

sommes ici pour les intérêts des Chats de l'Angleterre, et non pour ceux du continent ! » dit un fougueux Matou *tory*. Milord dormait. Quand l'assemblée se sépara, j'entendis ces délicieuses paroles dites par un jeune Chat qui venait de l'ambassade française, et dont l'accent annonçait la nationalité.

« *Dear Beauty*, de longtemps d'ici la nature ne pourra former une Chatte aussi parfaite que vous. Le cachemire de la Perse et des Indes semble être du poil de Chameau, comparé à vos soies fines et brillantes. Vous exhalez un parfum à faire évanouir de bonheur les Anges, et je l'ai senti du salon du prince de Talleyrand, que j'ai quitté pour accourir à ce déluge de sottises que vous appelez un *meeting*. Le feu de vos yeux éclaire la nuit ! Vos oreilles seraient la perfection même si mes gémissements les attendrissaient. Il n'y a pas de rose dans toute l'Angleterre qui soit aussi rose que la chair rose qui borde votre petite bouche rose. Un pêcheur chercherait vainement dans les abîmes d'Ormus des perles qui puissent valoir vos dents. Votre cher museau fin, gracieux, est tout ce que l'Angleterre a produit de plus mignon. La neige des Alpes paraîtrait rousse auprès de votre robe céleste. Ah ! ces sortes de poils ne se voient que dans vos brouillards ! Vos pattes portent mollement et avec grâce ce corps qui est l'abrégé des miracles de la création ; mais que votre queue, interprète élégante des mouvements de votre cœur, surpasse : oui ! jamais courbe si élégante, rondeur plus correcte, mouvements plus délicats ne se sont vus chez aucune Chatte. Laissez-moi ce vieux drôle de Puff, qui dort comme un

pair d'Angleterre au parlement, qui d'ailleurs est
un misérable vendu aux whigs, et qui doit à un
trop long séjour au Bengale d'avoir perdu tout
ce qui peut plaire à une Chatte. »

J'aperçus alors, sans avoir l'air de le regarder,
ce charmant Matou français : il était ébouriffé,
petit, gaillard, et ne ressemblait en rien à un
Chat anglais. Son air cavalier annonçait, autant
que sa manière de secouer l'oreille, un drôle
sans souci. J'avoue que j'étais fatiguée de la
solennité des Chats anglais et de leur propreté
purement matérielle. Leur affectation de *respectability* me semblait surtout ridicule. L'excessif
naturel de ce Chat mal peigné me surprit par un
violent contraste avec tout ce que je voyais à
Londres. D'ailleurs, ma vie était si positivement
réglée, je savais si bien ce que je devais faire
pendant le reste de mes jours, que je fus sensible à tout ce qu'annonçait d'imprévu la physionomie du Chat français. Tout alors me parut
fade. Je compris que je pouvais vivre sur les
toits avec une amusante créature qui venait de
ce pays où l'on s'est consolé des victoires du
plus grand général anglais par ces mots : « Mal-
brouk s'en va-t-en guerre, *mironton*, TON, TON,
MIRONTAINE ! » Néanmoins, j'éveillai milord
et lui fis comprendre qu'il était fort tard, que
nous devions rentrer. Je n'eus pas l'air d'avoir
écouté cette déclaration, et fus d'une apparente
insensibilité qui pétrifia Brisquet. Il restait là,
d'autant plus surpris qu'il se croyait très beau.
Je sus plus tard qu'il séduisait toutes les Chattes
de bonne volonté. Je l'examinai du coin de l'œil :
il s'en allait par petits bonds, revenait en fran-
chissant la largeur de la rue, et s'en retournait

de même, comme un Chat français au désespoir : un véritable Anglais aurait mis de la
décence dans ses sentiments, et ne les aurait pas
laissé voir ainsi. Quelques jours après, nous
nous trouvâmes, milord et moi, dans la magnifique maison du vieux pair, je sortis alors en
voiture pour me promener à Hyde-Park. Nous
ne mangions que des os de poulets, des arêtes
de poissons, des crèmes, du lait, du chocolat.
Quelque échauffant que fût ce régime, mon prétendu mari Puff demeurait grave. Sa *respectability* s'étendait jusqu'à moi. Généralement, il dormait dès sept heures du soir, à la table de whist
sur les genoux de Sa Grâce. Mon âme était donc
sans aucune satisfaction, et je languissais. Cette
situation de mon intérieur se combina fatale-
ment avec une petite affection dans les
entrailles que me causa le jus de Hareng pur (le
vin de Porto des Chats anglais) dont Puff faisait
usage, et qui me rendit comme folle. Ma maîtresse fit venir un médecin, qui sortait d'Édim-
bourg après avoir étudié longtemps à Paris. Il
promit à ma maîtresse de me guérir le lendemain même, après avoir reconnu ma maladie. Il
revint en effet, et sortit de sa poche un instru-
ment de fabrique parisienne. J'eus une espèce
de frayeur en apercevant un canon de métal
blanc terminé par un tube effilé. À la vue de ce
mécanisme, que le docteur fit jouer avec satisfaction, Leurs Grâces rougirent, se courrou-
cèrent et dirent de fort belles choses sur la
dignité du peuple anglais : comme quoi ce qui
distinguait la vieille Angleterre des catholiques
n'était pas tant ses opinions sur la Bible que sur
cette infâme machine. Le duc dit qu'à Paris les

Français ne rougissaient pas d'en faire une exhibition sur leur théâtre national, dans une comédie de Molière ; mais qu'à Londres un *watchman* n'oserait en prononcer le nom. Donnez-lui du calomel !

— Mais Votre Grâce la tuerait, s'écria le docteur. Quant à cette innocente mécanique, les Français ont fait maréchal un de leurs plus braves généraux pour s'en être servi devant la fameuse colonne.

— Les Français peuvent arroser les émeutes de l'intérieur, comme ils le veulent, reprit Milord. Je ne sais pas, ni vous non plus, ce qui pourrait arriver de l'emploi de cette avilissante machine ; mais ce que je sais, c'est qu'un vrai médecin anglais ne doit guérir ses malades qu'avec les remèdes de la vieille Angleterre.

Le médecin, qui commençait à se faire une grande réputation, perdit toutes ses pratiques dans le beau monde. On appela un autre médecin qui me fit des questions inconvenantes sur Puff, et qui m'apprit que la véritable devise de l'Angleterre était : Dieu et mon droit... *conjugal* ! Une nuit, j'entendis dans la rue la voix du Chat français. Personne ne pouvait nous voir ; je grimpai par la cheminée, et, parvenue en haut de la maison, je lui criai : « À la gouttière ! » Cette réponse lui donna des ailes, il fut auprès de moi en un clin d'œil. Croiriez-vous que ce Chat français eut l'inconvenante audace de s'autoriser de ma petite exclamation pour me dire : « Viens dans mes pattes ! » Il osa tutoyer, sans autre forme de procès, une Chatte de distinction. Je le regardai froidement, et pour lui donner une leçon, je lui dis que j'appartenais à la Société de Tempérance.

— Je vois, mon cher, lui dis-je, à votre accent et au relâchement de vos maximes, que vous êtes, comme tous les Chats catholiques, disposé à rire et à faire mille ridiculités, en vous croyant quitte pour un peu de repentir ; mais, en Angleterre, nous avons plus de moralité : nous mettons partout de la *respectability*, même dans nos plaisirs.

Ce jeune Chat, frappé par la majesté du *cant* anglais, m'écoutait avec une sorte d'attention qui me donna l'espoir d'en faire un Chat protestant. Il me dit alors, dans le plus beau langage, qu'il ferait tout ce que je voudrais, pourvu qu'il lui fût permis de m'adorer. Je le regardais sans pouvoir répondre, car ses yeux, *very beautiful, splendid*, brillaient comme des étoiles, ils éclairaient la nuit. Mon silence l'enhardit, et il s'écria : — Chère Minette !

— Quelle est cette nouvelle indécence ! m'écriai-je, sachant les Chats français très légers dans leurs propos.

Brisquet m'apprit que, sur le continent, tout le monde, le roi lui-même, disait à sa fille : *Ma petite Minette*, pour lui témoigner son affection ; que beaucoup de femmes, et des plus jolies, des plus aristocratiques, disaient toujours : *Mon petit Chat*, à leurs maris, même quand elles ne les aimaient pas. Si je voulais lui faire plaisir, je l'appellerais : Mon petit Homme ! Là-dessus il leva ses pattes avec une grâce infinie. Je disparus, craignant d'être faible. Brisquet chanta : *Rule, Britannia* ! tant il était heureux, et le lendemain sa chère voix bourdonnait encore à mes oreilles.

— Ah ! tu aimes aussi, toi, chère Beauty, me

dit ma maîtresse en me voyant étalée sur le tapis, les quatre pattes en avant, le corps dans un mol abandon, et noyée dans la poésie de mes souvenirs.

Je fus surprise de cette intelligence chez une Femme, et je vins alors, en relevant mon épine dorsale, me frotter à ses jambes en lui faisant entendre un *ronron* amoureux sur les cordes les plus graves de ma voix de *contralto*.

Pendant que ma maîtresse, qui me prit sur ses genoux, me caressait en me grattant la tête, et que je la regardais tendrement en lui voyant les yeux en pleurs, il se passait dans *Bond-Street* une scène dont les suites furent terribles pour moi.

Puck, un des neveux de Puff, qui prétendait à sa succession, et qui, pour le moment, habitait la caserne des *Life-Guards*, rencontra *my dear* Brisquet. Le sournois capitaine Puck complimenta l'attaché sur ses succès auprès de moi, en disant que j'avais résisté aux plus charmants Matous de l'Angleterre. Brisquet, en Français vaniteux, répondit qu'il serait bien heureux d'attirer mon attention, mais qu'il avait en horreur les Chattes qui vous parlaient de tempérance et de la Bible, etc.

— Oh ! fit Puck, elle vous parle donc ?

Brisquet, ce cher Français, fut ainsi victime de la diplomatie anglaise ; mais il commit une de ces fautes impardonnables, et qui courroucent toutes les Chattes bien apprises de l'Angleterre. Ce petit drôle était véritablement très inconsistant. Ne s'avisa-t-il pas, au Park, de me saluer et vouloir causer familièrement comme si nous nous connaissions. Je restai froide et sévère. Le cocher, apercevant ce Français, lui donna un coup de fouet qui l'atteignit et faillit le tuer. Brisquet reçut ce coup de fouet en me regardant avec une intrépidité qui changea mon moral : je l'aimai pour la manière dont il se laissa frapper, ne voyant que moi, ne sentant que la faveur de ma présence, domptant ainsi le naturel qui pousse les Chats à fuir à la moindre apparence d'hostilité. Il ne devina pas que je me sentais mourir, malgré mon apparente froideur. Dès ce moment, je résolus de me laisser enlever. Le soir, sur la gouttière, je me jetai dans ses pattes, tout éperdue.

— *My dear*, lui dis-je, avez-vous le capital nécessaire pour payer les dommages-intérêts au vieux Puff ?

— Je n'ai pas d'autre capital, me répondit le Français en riant, que les poils de ma moustache, mes quatre pattes et cette queue.

Là-dessus il balaya la gouttière par un mouvement plein de fierté.

— Pas de capital ! lui répondis-je ; mais vous n'êtes qu'un aventurier, *my dear*.

— J'aime les aventures, me dit-il tendrement. En France, dans les circonstances auxquelles tu fais allusion, c'est alors que les Chats se peignent ! Ils ont recours à leurs griffes, et non à leurs écus.

— Pauvre pays ! lui dis-je. Et comment envoie-t-il à l'étranger, dans ses ambassades, des Bêtes si dénuées de capital ?

— Ah ! voilà, dit Brisquet. Notre nouveau gouvernement n'aime pas l'argent... chez ses employés : il ne recherche que les capacités intellectuelles.

Le cher Brisquet eut, en me parlant, un petit air content qui me fit craindre que ce ne fût un fat.

— L'amour sans capital est un *non-sens* ! lui dis-je. Pendant que vous irez à droite et à gauche chercher a manger, vous ne vous occuperez pas de moi, mon cher.

Ce charmant Français me prouva, pour toute réponse, qu'il descendait, par sa grand-mère, du Chat-Botté. D'ailleurs, il avait quatre-vingt-dix-neuf manières d'emprunter de l'argent, et nous n'en aurions, dit-il, qu'une seule de le dépenser. Enfin il savait la musique et pouvait donner des leçons. En effet, il me chanta, sur un mode qui arrachait l'âme, une romance nationale de son pays : *Au clair de la lune*...

En ce moment, plusieurs Chats et des Chattes amenés par Puck me virent quand, séduite par tant de raisons, je promettais à ce cher Brisquet de le suivre dès qu'il pourrait entretenir sa femme confortablement.

— Je suis perdue ! m'écriai-je.

Le lendemain même, le banc des *Doctors commons* fut saisi par le vieux Puff d'un procès en criminelle conversation. Puff était sourd : ses neveux abusèrent de sa faiblesse. Puff, questionné par eux, leur apprit que la nuit je l'avais appelé par flatterie : *Mon petit Homme !* Ce fut une des choses les plus terribles contre moi, car jamais je ne pus expliquer de qui je tenais la connaissance de ce mot d'amour. Milord, sans le savoir, fut très mal pour moi ; mais j'avais remarqué déjà qu'il était en enfance. Sa Seigneurie ne soupçonna jamais les basses intrigues auxquelles je fus en butte. Plusieurs

petits Chats, qui me défendirent contre l'opinion publique, m'ont dit que parfois il demande
son ange, la joie de ses yeux, sa *darling*, sa *sweet*
Beauty ! Ma propre mère, venue à Londres,
refusa de me voir et de m'écouter, en me disant
que jamais une Chatte anglaise ne devait être
soupçonnée, et que je mettais bien de l'amertume dans ses vieux jours. Mes sœurs, jalouses
de mon élévation, appuyèrent mes accusatrices.
Enfin les domestiques déposèrent contre moi.
Je vis alors clairement à propos de quoi tout le
monde perd la tête en Angleterre. Dès qu'il s'agit
d'une criminelle conversation, tous les sentiments s'arrêtent, une mère n'est plus une mère,
une nourrice voudrait reprendre son lait, et
toutes les Chattes hurlent par les rues. Mais, ce
qui fut bien plus infâme, mon vieil avocat, qui,
dans le temps, croyait à l'innocence de la reine
d'Angleterre, à qui j'avais tout raconté dans le
moindre détail, qui m'avait assuré qu'il n'y avait
pas de quoi fouetter un Chat, et à qui, pour
preuve de mon innocence, j'avouai ne rien
comprendre à ces mots, *criminelle conversation*
(il me dit que c'était ainsi appelé précisément
parce qu'on parlait très peu) ; cet avocat, gagné
par le capitaine Puck, me défendit si mal, que
ma cause parut perdue. Dans cette cir-
constance, j'eus le courage de comparaître
devant les *Doctors commons*.

— Milords, dis-je, je suis une Chatte anglaise,
et je suis innocente ! Que dirait-on de la justice
de la vieille Angleterre, si...

À peine eus-je prononcé ces paroles, que
d'effroyables murmures couvrirent ma voix,
tant le public avait été travaillé par le *Cat-Chro-
nicle* et par les amis de Puck.

— Elle met en doute la justice de la vieille Angleterre qui a créé le jury ! criait-on.

— Elle veut vous expliquer, Milord, s'écria l'abominable avocat de mon adversaire, comment elle allait sur les gouttières avec un Chat français pour le convertir à la religion anglicane, tandis qu'elle y allait bien plutôt pour en revenir dire en bon français *mon petit Homme* à son mari, pour écouter les abominables principes du papisme, et apprendre à méconnaître les lois et les usages de la vieille Angleterre !

Quand on parle de ces sornettes à un public anglais, il devient fou. Aussi des tonnerres d'applaudissements accueillirent-ils les paroles de l'avocat de Puck. Je fus condamnée, à l'âge de vingt-six mois, quand je pouvais prouver que j'ignorais encore ce que c'était qu'un Chat. Mais, à tout ceci, je gagnai de comprendre que c'est à cause de ses radotages qu'on appelle Albion la vieille Angleterre.

Je tombai dans une grande mischatropie qui fut causée moins par mon divorce que par la mort de mon cher Brisquet, que Puck fit tuer dans une émeute, en craignant sa vengeance. Aussi rien ne me met-il plus en fureur que d'entendre parler de la loyauté des Chats anglais.

Vous voyez, ô Animaux français, qu'en nous familiarisant avec les Hommes, nous en prenons tous les vices et toutes les mauvaises institutions. Revenons à la vie sauvage où nous n'obéissons qu'à l'instinct, et où nous ne trouvons pas des usages qui s'opposent aux vœux les plus sacrés de la nature. J'écris en ce moment un traité politique à l'usage des classes ouvrières animales, afin de les engager à ne plus tourner les broches, ni se laisser atteler à de petites charrettes, et pour leur enseigner les moyens de se soustraire à l'oppression du grand aristocrate. Quoique notre griffonnage soit célèbre, je crois que miss Henriette Martineau ne me désavouerait pas. Vous savez sur le continent que la littérature est devenue l'asile de toutes les Chattes qui protestent contre l'immoral monopole du mariage, qui résistent à la tyrannie des institutions, et veulent revenir aux lois naturelles. J'ai omis de vous dire que, quoique Brisquet eût le corps traversé par un coup reçu dans le dos, le *Coroner,* par une infâme hypocrisie, a déclaré qu'il s'était empoisonné lui-même avec de l'arsenic, comme si jamais un Chat si gai, si fou, si étourdi, pouvait avoir assez réfléchi sur la vie pour concevoir une idée si sérieuse, et comme si un Chat que j'aimais pouvait avoir la moindre envie de quitter l'existence ! Mais, avec l'appareil de Marsh, on a trouvé des taches sur une assiette.

DE BALZAC.

II

GUIDE-ÂNE
À L'USAGE DES ANIMAUX
QUI VEULENT
PARVENIR AUX HONNEURS

Messieurs les Rédacteurs, les Ânes sentent le besoin de s'opposer, à la Tribune Animale, contre l'injuste opinion qui fait de leur nom un symbole de bêtise. Si la capacité manque à celui qui vous envoie cette écriture, on ne dira pas du moins qu'il ait manqué de courage. Et d'abord, si quelque philosophe examine un jour la bêtise dans ses rapports avec la société, peut-être trouvera-t-on que le bonheur se comporte absolument comme un Âne. Puis, sans les Ânes, les majorités ne se formeraient pas : ainsi l'Âne peut passer pour le type du gouverné. Mais mon intention n'est pas de parler politique. Je m'en tiens à montrer que nous avons beaucoup plus de chances que les gens d'esprit pour arriver aux honneurs, nous ou ceux qui sont faits à notre image : songez que l'Âne parvenu qui vous adresse cet intéressant Mémoire vit aux dépens d'une grande nation, et qu'il est logé, sans princesse, hélas ! aux frais du gouvernement britannique dont les prétentions puritaines vous ont été dévoilées par une Chatte.

Mon maître était un simple instituteur primaire aux environs de Paris, que la misère ennuyait fort. Nous avions cette première et constitutive ressemblance de caractère, que nous aimions beaucoup à nous occuper à ne rien faire et à bien vivre. On appelle ambition cette tendance propre aux Ânes et aux Hommes : on la dit développée par l'état de société, je la crois excessivement naturelle. En apprenant que j'appartenais à un maître d'école, les Ânesses m'envoyèrent leurs petits, à qui je voulus montrer à s'exprimer correctement ; mais ma classe n'eut aucun succès et fut dissipée à coups de bâton. Mon maître était évidemment jaloux : mes Bourriquets brayaient couramment quand les siens ânonnaient encore, et je l'entendais disant avec une profonde injustice : — Vous êtes des Ânes ! Néanmoins mon maître fut frappé des résultats de ma méthode qui l'emportait évidemment sur la sienne.

— Pourquoi, se dit-il, les petits de l'Homme mettent-ils beaucoup plus de temps à parler, à lire et à écrire, que les Ânes à savoir la somme de science qui leur est nécessaire pour vivre ? Comment ces Animaux apprennent-ils si promptement tout ce que savent leurs pères ? Chaque Animal possède un ensemble d'idées, une collection de calculs invariables qui suffisent à la conduite de sa vie et qui sont tous aussi dissemblables que le sont les Animaux entre eux ! Pourquoi l'Homme est-il destitué de cet avantage ? Quoique mon maître fût d'une ignorance crasse en histoire naturelle, il aperçut une science dans la réflexion que je lui suggérais, et résolut d'aller demander une place au ministère de l'Instruction publique, afin d'étudier cette question aux frais de l'État.

Nous entrâmes à Paris, l'un portant l'autre, par le faubourg Saint-Marceau. Quand nous parvînmes à cette élévation qui se trouve après la barrière d'Italie et d'où la vue embrasse la capitale, nous fîmes l'un et l'autre cette admirable oraison postulatoire en deux langues.

Lui : — Ô sacrés palais où se cuisine le budget ! quand la signature d'un professeur parvenu me donnera-t-elle le vivre et le couvert, la croix de la Légion d'honneur et une chaire de n'importe quoi, n'importe où ! Je compte dire tant de bien de tout le monde, qu'il sera difficile de dire du mal de moi ! Mais comment parvenir au ministre, et comment lui prouver que je suis digne d'occuper une place quelconque ?

Moi : — Ô charmant Jardin des plantes, où les Animaux sont si bien soignés, asile où l'on boit et où l'on mange sans avoir à craindre les coups de bâton, m'ouvriras-tu jamais tes steppes de vingt pieds carrés, tes vallées suisses larges de vingt mètres ? Serai-je jamais un Animal couché sur l'herbe du budget ? Mourrai-je de vieillesse entre tes élégants treillages, étiqueté sous un numéro quelconque, avec ces mots : *Âne d'Afrique, donné par un tel, capitaine de vaisseau* ? Le roi viendra-t-il me voir !

Après avoir ainsi salué la ville des acrobates et des prestidigitateurs, nous descendîmes dans les défilés puants du célèbre faubourg plein de cuirs et de science, où nous nous logeâmes dans une misérable auberge encombrée de Savoyards avec leurs Marmottes, d'Italiens avec leurs Singes, d'Auvergnats avec leurs

Chiens, de Parisiens avec leurs Souris blanches,
de harpistes sans cordes et de chanteurs
enroués, tous Animaux savants. Mon maître,
séparé du suicide par six pièces de cent sous,
avait pour trente francs d'espérance. Cet hôtel,
dit de la miséricorde, est un de ces établissements philanthropiques où l'on couche pour
deux sous par nuit, et où l'on dîne pour neuf
sous par repas. Il y existe une vaste écurie où
les mendiants et les pauvres, où les artistes
ambulants mettent leurs Animaux, et où naturellement mon maître me fit entrer, car il me
donna pour un Âne savant. Marmus, tel était le
nom de mon maître, ne put s'empêcher de
contempler la curieuse assemblée des Bêtes
dépravées auxquelles il me livrait. Une mar-
quise en falbalas, en bibi à plumes, à ceinture
dorée, Guenon vive comme la poudre, se laissait conter fleurette par un soldat, héros des
parades populaires, un vieux Lapin qui faisait
admirablement l'exercice. Un Caniche intel-
ligent, qui jouait à lui seul un drame de l'école
moderne, s'entretenait des caprices du public
avec un grand Singe assis sur son chapeau de
troubadour. Plusieurs Souris grises au repos
admiraient une Chatte habituée à respecter
deux Serins, et qui causait avec une Marmotte
éveillée.

— Et moi, dit mon maître, qui croyais avoir
découvert une science, celle des Instincts
Comparés, ne voilà-t-il pas des cruels démentis
dans cette écurie ! Toutes ces Bêtes se sont
faites Hommes !

— Monsieur veut se faire savant ? dit un
jeune Homme à mon maître. La science vous

absorbe et l'on reste en chemin ! Pour parvenir, apprenez, jeune ambitieux dont les espérances se révèlent par l'état de vos vêtements, qu'il faut marcher, et, pour marcher, nous ne devons pas avoir de bagage.

— À quel grand politique ai-je l'honneur de parler ? dit mon maître.

— À un pauvre garçon qui a essayé de tout, qui a tout perdu, excepté son énorme appétit, et qui, en attendant mieux, vit de canards aux journaux et loge à la Miséricorde. Et qui êtes-vous ?

— Un instituteur primaire démissionnaire, qui naturellement ne sait pas grand-chose, mais qui s'est demandé pourquoi les Animaux possédaient *a priori* la science spéciale de leur vie, appelée *instinct*, tandis que l'Homme n'apprend rien sans des peines inouïes.

— Parce que la science est inutile ! s'écria le jeune Homme. Avez-vous jamais étudié le *Chat-Botté* ?

— Je le racontais à mes élèves quand ils avaient été sages.

— Eh bien, mon cher, là est la règle de conduite pour tous ceux qui veulent parvenir. Que fait le chat ? Il annonce que son maître possède des terres, et on le croit ! Comprenez-vous qu'il suffit de faire savoir qu'on a, qu'on est, qu'on possède ! Qu'importe que vous n'ayez rien, que vous ne soyez rien, que vous ne possé-diez rien, si les autres croient ! Mais *voe soli !* a dit l'Écriture. En effet, il faut être deux en politique comme en amour, pour enfanter une œuvre quelconque. Vous avez inventé, mon cher, l'*instinctologie*, et vous aurez une chaire

d'*Instincts Comparés*. Vous allez être un grand
savant, et moi je vais l'annoncer au monde, à
l'Europe, à Paris, au ministre, à son secrétaire,
aux commis, aux surnuméraires ! Mahomet a
été bien grand quand il a eu quelqu'un pour
soutenir à tort et à travers qu'il était prophète.

— Je veux bien être un grand savant, dit
Marmus, mais on me demandera d'expliquer
ma science.

— Serait-ce une science, si vous pouviez
l'expliquer ?

— Encore, faut-il un point de départ.

— Oui, dit le jeune journaliste, nous
devrions avoir un Animal qui dérangerait
toutes les combinaisons de nos savants. Le
baron Cerceau, par exemple, a passé sa vie à
parquer les Animaux dans des divisions absolues, et il y tient, c'est sa gloire à lui ; mais, en
ce moment, de grands philosophes brisent
toutes les cloisons du baron Cerceau. Entrons
dans le débat. Selon nous, l'instinct sera la pensée de l'Animal, évidemment plus distinctible
par sa vie intellectuelle que par ses os, ses
tarses, ses dents, ses vertèbres. Or, quoique
l'instinct subisse des modifications, il est *un*
dans son essence, et rien ne prouvera mieux
l'unité des choses, malgré leur apparente diversité. Ainsi, nous soutiendrons qu'il n'y a qu'un
Animal comme il n'y a qu'un instinct ; que l'instinct est dans toutes les organisations animales
l'appropriation des moyens à la vie, que les
circonstances changent, et non le principe.
Nous intervenons, par une science nouvelle
contre le baron Cerceau, en faveur des grands
naturalistes philosophes qui tiennent pour

l'Unité zoologique, et nous obtiendrons du tout-puissant baron de bonnes conditions en lui vendant notre science.

— Science n'est pas conscience, dit Marmus. Eh bien, je n'ai plus besoin de mon Âne.

— Vous avez un Âne ! s'écria le journaliste, nous sommes sauvés ! Nous allons en faire un Zèbre extraordinaire qui attirera l'attention du monde savant sur votre système des Instincts Comparés, par quelque singularité qui dérangera les classifications. Les savants vivent par la nomenclature, renversons la nomenclature. Ils s'alarmeront, ils capituleront, ils nous séduiront, et, comme tant d'autres, nous nous laisserons séduire. Il se trouve dans cette auberge des charlatans qui possèdent des secrets merveilleux. C'est ici que se font les sauvages qui mangent des Animaux vivants, les Hommes squelettes, les nains pesant cent cinquante kilogrammes, les Femmes barbues, les Poissons démesurés, les êtres monstrueux. Moyennant quelques politesses, nous aurons les moyens de préparer aux savants quelque fait révolutionnaire.

À quelle sauce allait-on me mettre ? Pendant la nuit on me fit des incisions transversales sur la peau, après m'avoir rasé le poil, et un charlatan m'y appliqua je ne sais quelle liqueur. Quelques jours après, j'étais célèbre. Hélas ! j'ai connu les terribles souffrances par lesquelles s'achète toute célébrité. Dans tous les journaux, les Parisiens lisaient :

« Un courageux voyageur, un modeste naturaliste, Adam Marmus, qui a traversé l'Afrique en passant par le centre, a ramené, des montagnes de la Lune, un Zèbre dont les particularités dérangent sensiblement les idées fondamentales de la zoologie, et donnent gain de cause à l'illustre philosophe qui n'admet aucune différence dans les organisations animales, et qui a proclamé, aux applaudissements des savants de l'Allemagne, le grand principe d'une même contexture pour tous les Animaux. Les bandes de ce Zèbre sont jaunes et se détachent sur un fond noir. Or, on sait que les zoologistes, qui tiennent pour les divisions impitoyables, n'admettaient pas qu'à l'état sauvage le genre Cheval eût la robe noire. Quant à la singularité des bandes jaunes, nous laissons au savant Marmus la gloire de l'expliquer dans le beau livre qu'il compte publier sur les *Instincts Comparés,* science qu'il a créée en observant dans le centre de l'Afrique plusieurs Animaux inconnus. Ce Zèbre, la seule conquête scientifique que les dangers d'un pareil voyage lui aient permis de rapporter, marche à la façon de la Girafe. Ainsi, l'instinct des Animaux se modifierait selon les milieux où ils se trouvent. De ce fait, inouï dans les annales de la science, découle une théorie nouvelle de la plus haute importance pour la zoologie. M. Adam Marmus exposera ses idées dans un cours public, malgré les intrigues des savants dont les systèmes vont être ruinés, et qui déjà lui ont fait refuser la salle Saint-Jean à l'Hôtel de Ville. »

Tous les journaux, et même le grave *Moniteur,* répétèrent cet audacieux canard. Pendant que le Paris savant se préoccupait de ce fait, Marmus et son ami s'installaient dans un hôtel

décent de la rue de Tournon, où il y avait pour
moi une écurie, de laquelle ils prirent la clef.
Les savants en émoi envoyèrent un académicien armé de ses ouvrages, et qui ne dissimula
point l'inquiétude causée par ce fait à la doctrine fataliste du baron Cerceau. Si l'instinct
des Animaux changeait selon les climats, selon
les milieux, l'Animalité était bouleversée. Le
grand Homme qui osait prétendre que le principe *vie* s'accommodait à tout, allait avoir défi-
nitivement raison contre l'ingénieux baron qui
soutenait que chaque classe était une organisation à part. Il n'y avait plus aucune distinction à
faire entre les Animaux que pour le plaisir des
amateurs de collections. Les Sciences Naturelles devenaient un joujou ! L'Huître, le Polype
du corail, le Lion, le Zoophyte, les Animalcules
microscopiques et l'Homme étaient le même
appareil modifié seulement par des organes
plus ou moins étendus. Salteinbeck le Belge,
Vosman-Betten, sir Fairnight, Gobtoussell, le
savant danois Sottenbach, Crâneberg, les disciples aimés du professeur français, l'empor-
taient avec leur doctrine unitaire sur le baron
Cerceau et ses nomenclatures. Jamais fait plus
irritant n'avait été jeté entre deux partis belligé-
rants. Derrière Cerceau se rangeaient des aca-
démiciens, l'Université, des légions de profes-
seurs, et le Gouvernement appuyait une théorie
présentée comme la seule en harmonie avec la
Bible.

Marmus et son ami se tinrent fermes. Aux
questions de l'académicien, ils répondirent par
l'affirmation sèche des faits, et par l'exposition
de leur doctrine. En sortant, l'académicien leur

dit alors : — Messieurs, entre nous, oui, le professeur que vous venez appuyer est un Homme d'un profond et audacieux génie ; mais son système, qui peut-être explique le monde, je n'en disconviens pas, ne doit pas se faire jour : il faut, dans l'intérêt de la science...

— Dites des savants ! s'écria Marmus.

— Soit, reprit l'académicien ; il faut qu'il soit écrasé dans son œuf ; car, après tout, Messieurs, c'est le panthéisme.

— Croyez-vous ? dit le jeune journaliste.

— Comment admettre une attraction moléculaire, sans un libre arbitre qui laisse alors la matière indépendante de Dieu !

— Pourquoi Dieu n'aurait-il pas tout organisé par la même loi ? dit Marmus.

— Vous voyez, dit le journaliste à l'oreille de l'académicien, il est d'une profondeur newtonienne. Pourquoi ne le présenteriez-vous pas au ministre de l'Instruction publique ?

— Mais certainement, dit l'académicien, heureux de pouvoir se rendre maître du Zèbre révolutionnaire.

— Peut-être le ministre serait-il satisfait d'être le premier à voir notre curieux Animal, et vous nous feriez le plaisir de l'accompagner, reprit mon maître.

— Je vous remercie...

— Le ministre pourra dès lors apprécier les services qu'un pareil voyage a rendus à la science, dit le journaliste sans laisser la parole à l'académicien. Mon ami peut-il avoir été pour rien dans les montagnes de la Lune ? Vous verrez l'Animal, il marche à la manière des Girafes. Quant à ses bandes jaunes sur fond noir, elles proviennent de la température de ces montagnes, qui est de plusieurs zéros Fareinhet et de beaucoup de zéros Réaumur.

— Peut-être serait-il dans vos intentions d'entrer dans l'instruction publique ? demanda l'académicien.

— Belle carrière ! s'écria le journaliste en faisant un haut-le-corps.

— Oh ! je ne vous parle pas de faire ce métier d'oison qui consiste à mener les élèves aux champs et les surveiller au bercail ; mais au lieu de professer à l'Athénée, qui ne mène à rien, il est des suppléances à des chaires qui mènent à tout, à l'Institut, à la Chambre, à la Cour, à la Direction d'un théâtre ou d'un petit journal. Enfin nous en causerons.

Ceci se passait dans les premiers jours de l'année 1831, époque à laquelle les ministres éprouvaient le besoin de se populariser. Le ministre de l'Instruction publique, qui savait tout, et même un peu de politique, fut averti par l'académicien de l'importance d'un pareil fait relativement au système du baron Cerceau. Ce ministre, un peu mômier (on nomme ainsi, dans la république de Genève, les protestants exagérés), n'aimait pas l'invasion du pan-théisme dans la science. Or, le baron Cerceau, mômier par excellence, qualifiait la grande doctrine de l'unité zoologique de doctrine pan-théiste, espèce d'aménité de savant : en science, on se traite poliment de panthéiste pour ne pas lâcher le mot athée.

Les partisans du système de l'unité zoologique apprirent qu'un ministre devait faire une visite au précieux Zèbre, et craignirent les séductions. Le plus ardent des disciples du grand Homme accourut alors, et voulut voir l'illustre Marmus : les faits-Paris étaient montés à cette brillante épithète par d'habiles transitions. Mes deux maîtres refusèrent de me montrer. Je ne savais pas encore marcher comme ils le voulaient, et le poil de mes bandes, jaunies au moyen d'une cruelle application chimique, n'était pas encore assez fourni. Ces deux habiles intrigants firent causer le jeune disciple, qui leur développa le magnifique système de l'unité zoologique, dont la pensée est en harmonie avec la grandeur et la simplicité du créateur, et dont le principe concorde à celui trouvé par Newton pour expliquer les mondes supérieurs. Mon maître écoutait de toutes mes oreilles.

— Nous sommes en pleine science, et *notre* Zèbre domine la question, dit le journaliste.

— *Mon* Zèbre, répondit Marmus, n'est plus un Zèbre, mais un fait qui engendre une science.

— Votre science des Instincts Comparés, reprit l'unitariste, appuie la remarque due au savant sir Failnight sur les Moutons d'Espagne, d'Écosse, de Suisse, qui paissent différemment, selon la disposition de l'herbe.

— Mais, s'écria le journaliste, les produits ne sont-ils pas également différents, selon les milieux atmosphériques ? Notre Zèbre à l'allure de Girafe explique pourquoi l'on ne peut faire le beurre blanc de la Brie en Normandie, ni réciproquement le beurre jaune et le fromage de Neufchâtel à Meaux.

— Vous avez mis le doigt sur la question,

s'écria le disciple enthousiasmé. Les petits faits font les grandes découvertes. Tout se tient dans la science. La question des fromages est intimement liée à la question de la forme zoologique et à celle des Instincts Comparés. L'instinct est tout l'Animal, comme la pensée est l'Homme concentré. Si l'instinct se modifie et change selon les milieux où il se développe, où il agit, il est clair qu'il en est de même du *Zoon*, de la forme extérieure que prend la vie. Il n'y a qu'un principe, une même forme.

— Un même patron pour tous les êtres, dit Marmus.

— Dès lors, reprit le disciple, les nomenclatures sont bonnes pour nous rendre compte à nous-mêmes des différences ; mais elles ne sont plus la science.

— Ceci, Monsieur, dit le journaliste, est le massacre des Vertébrés et des Mollusques, des Articulés et des Rayonnés, depuis les Mammifères jusqu'aux Cirrhopodes, depuis les Acéphales jusqu'aux Crustacés ! Plus d'Échinodermes, ni d'Acalèphes, ni d'Infusoires ! Enfin, vous abattez toutes les cloisons inventées par le baron Cerceau ! Et tout va devenir si simple, qu'il n'y aura plus de science, il n'y aura plus qu'une loi... Ah ! croyez-le bien, les savants vont se défendre, et il y aura bien de l'encre de répandue ! Pauvre humanité ! Non, ils ne laisseront pas tranquillement un homme de génie annuler ainsi les ingénieux travaux de tant d'observateurs qui ont mis la création en bocal ! On nous calomniera autant que votre grand philosophe a été calomnié. Or, voyez ce qui est arrivé à Jésus-Christ, qui a proclamé

l'égalité des âmes, comme vous voulez proclamer l'unité zoologique ! C'est à faire frémir.
Ah ! Fontenelle avait raison : fermons les
poings quand nous tenons une vérité.

— Auriez-vous peur, Messieurs ? dit le disciple du Prométhée des sciences naturelles.
Trahiriez-vous la sainte cause de l'Animalité ?

— Non, Monsieur ! s'écria Marmus, je
n'abandonnerai pas la science à laquelle j'ai
consacré ma vie ; et, pour vous le prouver, nous
rédigerons ensemble la notice sur mon Zèbre.

— Hein ! vous voyez, tous les Hommes sont
des enfants ; l'intérêt les aveugle, et pour les
mener, il suffit de connaître leurs intérêts, dit le
jeune journaliste à mon maître quand l'unitariste fut parti.

— Nous sommes sauvés ! dit Marmus.

Une notice fut donc savamment rédigée sur
le Zèbre du centre de l'Afrique par le plus
habile disciple du grand philosophe, qui, plus
hardi sous le nom de Marmus, formula
complètement la doctrine. Mes deux maîtres
entrèrent alors dans la phase la plus amusante
de la célébrité. Tous deux se virent accablés
d'invitations à dîner en ville, de soirées, de
matinées dansantes. Ils furent proclamés
savants et illustres par tant de monde, qu'ils
eurent trop de complices pour jamais être autre
chose que des savants du premier ordre.
L'épreuve du beau travail de Marmus fut
envoyée au baron Cerceau. L'Académie des
sciences trouva dès lors l'affaire si grave,
qu'aucun académicien n'osait donner un avis.

— Il faut voir, il faut attendre, disait-on.

M. Salteinbeck, le savant belge, avait pris la

poste. M. Vosman-Betten de Hollande, et l'illustre Fabricius Gobtoussel étaient en route pour voir ce fameux Zèbre, ainsi que sir Fairnight. Le jeune et ardent disciple de la doctrine de l'Unité zoologique travaillait à un mémoire dont les conclusions étaient terribles contre les formules de Cerceau.

Déjà, dans la botanique, un parti se formait, qui tenait pour l'unité de composition des plantes. L'illustre professeur de Candolle, le non moins illustre de Mirbel, éclairés par les audacieux travaux de M. Dutrochet, hésitaient encore, par pure condescendance pour l'autorité de Cerceau. L'opinion d'une parité de composition chez les produits de la botanique et chez ceux de la zoologie gagnait du terrain. Cerceau décida le ministre à visiter le Zèbre. Je marchais alors au gré de mes maîtres. Le charlatan m'avait fait une queue de vache, et mes bandes jaunes et noires me donnaient une parfaite ressemblance avec une guérite autrichienne.

— C'est étonnant, dit le ministre en me voyant me porter alternativement sur les deux pieds gauches et sur les deux pieds droits pour marcher.

— Étonnant, dit l'académicien ; mais ce ne serait pas inexplicable.

— Je ne sais pas, dit l'âpre orateur devenu complaisant ministre, comment on peut conclure de la diversité à l'unité.

— Affaire d'entêté, dit spirituellement Marmus sans se prononcer encore.

Ce ministre, Homme de doctrines absolues, sentait la nécessité de résister aux faits subversifs, et il se mit à rire de cette raillerie.

— Il est bien difficile, Monsieur, reprit-il en prenant Marmus par le bras, que ce Zèbre, habitué à la température du centre de l'Afrique, vive rue de Tournon...

En entendant cet arrêt cruel, je fus si affecté, que je me mis à marcher naturellement.

— Laissons-le vivre tant qu'il pourra, dit mon maître, effrayé de mon intelligente opposition, car j'ai pris l'engagement de faire un cours à l'Athénée, et il ira bien jusque-là...

— Vous êtes un homme d'esprit, vous aurez bientôt trouvé des élèves pour votre belle science des Instincts Comparés, qui, remarquez-le bien, doit être en harmonie avec les doctrines du baron Cerceau. Ne sera-t-il pas cent fois plus glorieux pour vous de vous faire représenter par un disciple ?

— J'ai, dit alors le baron Cerceau, un élève d'une grande intelligence, qui répète admirablement ce qu'on lui apprend ; nous nommons cette espèce d'écrivain un vulgarisateur...

— Et nous un Perroquet, dit le journaliste.

— Ces gens rendent de vrais services aux sciences, ils les expliquent et savent se faire comprendre des ignorants.

— Ils sont de plain-pied avec eux, répondit le journaliste.

— Eh bien, il se fera le plus grand plaisir d'étudier la théorie des Instincts Comparés, et de la coordonner avec l'Anatomie Comparée et avec la Géologie ; car, en science, tout se tient.

— Tenons-nous donc, dit Marmus en prenant la main du baron Cerceau et lui manifestant le plaisir qu'il avait de se rencontrer avec le plus grand, le plus illustre des naturalistes.

Le ministre promit alors, sur les fonds destinés à l'encouragement des sciences, des lettres et des arts, une somme assez importante à l'illustre Marmus, qui dut recevoir auparavant la croix de la Légion d'honneur. La Société de géographie, jalouse d'imiter le gouvernement, offrit à Marmus un prix de dix mille francs pour son voyage aux montagnes de la Lune. Par le conseil de son ami le journaliste, mon maître rédigeait, d'après tous les voyages précédents en Afrique, une relation de son voyage. Il fut reçu membre de la Société géographique.

Le journaliste, nommé sous-bibliothécaire au Jardin des plantes, commençait à faire tympaniser dans les petits journaux le grand philosophe : on le regardait comme un rêveur, comme l'ennemi des savants, comme un dangereux panthéiste, on s'y moquait de sa doctrine.

Ceci se passait pendant les tempêtes politiques des années les plus tumultueuses de la révolution de juillet. Marmus acheta sur-le-champ une maison à Paris, avec le produit de son prix et de la gratification ministérielle. Le voyageur fut présenté à la cour, où il se contenta d'écouter. On y fut si enchanté de sa modestie, qu'il fut aussitôt nommé conseiller de l'Université. En étudiant les Hommes et les choses autour de lui, Marmus comprit que les cours étaient inventés pour ne rien dire, il accepta donc le jeune Perroquet que le baron Cerceau lui proposa, et dont la mission était, en exposant la science des Instincts Comparés, d'étouffer le fait du Zèbre en le traitant d'une exception monstrueuse : il y a, dans les sciences, une manière de grouper les faits, de

les déterminer, comme en finance, une
manière de grouper les chiffres.

Le grand philosophe, qui n'avait ni places à
donner, ni aucun gouvernement pour lui autre
que le gouvernement de la science à la tête de
laquelle l'Allemagne le mettait, tomba dans une
tristesse profonde en apprenant que le cours
des Instincts Comparés allait être fait par un
adepte du baron Cerceau, devenu le disciple de
l'illustre Marmus. En se promenant le soir sous
les grands marronniers, il déplorait le schisme
introduit dans la haute science, et les
manœuvres auxquelles l'entêtement de Cerceau
donnait lieu.

— On m'a caché le Zèbre ! s'écria-t-il.

Ses élèves étaient furieux. Un pauvre auteur
entendit par la grille de la rue de Buffon l'un
d'eux s'écrier en sortant de cette conférence :

— Ô Cerceau ! toi si souple et si clair, si
profond analyste, écrivain si élégant, comment
peux-tu fermer les yeux à la vérité ? Pourquoi
persécuter le vrai ? Si tu n'avais que trente ans,
tu aurais le courage de refaire la science. Tu
penses à mourir dans les nomenclatures, et tu
ne songes pas à l'inexorable postérité qui les
brisera, armée de l'Unité Zoologique que nous
lui léguerons !

Le cours où devait se faire l'exposition de la
science des Instincts Comparés eut lieu devant
la plus brillante assemblée, car il était surtout
mis à la portée des Femmes. Le disciple du
grand Marmus, déjà qualifié d'ingénieux orateur dans les réclames envoyées aux journaux
par le bibliothécaire, commença par dire que
nous étions devancés sur ce point par les Alle-

mands : Vittembock et Mittemberg, Clarenstein, Borborinski, Valerius et Kirbach avaient établi, démontré que la Zoologie se métamorphoserait un jour en Instinctologie. Les divers instincts répondaient aux organisations classées par Cerceau. Et, partant de là, le jeune Perroquet répéta, dans une charmante phraséologie, tout ce que de savants observateurs avaient écrit sur l'instinct, il expliqua l'instinct, il raconta les merveilles de l'instinct, il joua des variations sur l'instinct, absolument comme Paganini jouait des variations sur la quatrième corde de son violon.

Les bourgeois, les Femmes s'extasièrent. Rien n'était plus instructif, ni plus intéressant. Quelle éloquence ! on n'entendait de si belles choses qu'en France !

La province lut dans tous les journaux ce fait, à la rubrique de Paris :

« Hier, à l'Athénée, a eu lieu l'ouverture du cours d'Instincts Comparés, par le plus habile élève de l'illustre Marmus, le créateur de cette nouvelle science, et cette première séance a réalisé tout ce qu'on en attendait. Les Émeutiers de la science avaient espéré trouver un allié dans ce grand zoologiste ; mais il a été démontré que l'Instinct était en harmonie avec la Forme. Aussi l'auditoire a-t-il manifesté la plus vive approbation en trouvant Marmus d'accord avec notre illustre Cerceau. »

Les partisans du grand philosophe furent consternés ; ils devinaient bien qu'au lieu d'une discussion sérieuse, il n'y avait eu que des paroles : *Verba et voces*. Ils allèrent trouver Marmus, et lui firent de cruels reproches.

— L'avenir de la science était dans vos mains, et vous l'avez trahie ! Pourquoi ne pas vous être fait un nom immortel, en proclamant le grand principe de l'attraction moléculaire !

— Remarquez, dit Marmus, avec quel soin mon élève s'est abstenu de parler de vous, de vous injurier. Nous avons ménagé Cerveau pour pouvoir vous rendre justice plus tard.

Sur ces entrefaites, l'illustre Marmus fut nommé député par l'arrondissement où il était né, dans les Pyrénées-Orientales ; mais, avant sa nomination, Cerceau le fit nommer quelque part professeur de quelque chose, et ses occupations législatives déterminèrent la création d'un suppléant qui fut le bibliothécaire, l'ancien journaliste qui se fit préparer son cours par un homme de talent inconnu auquel il donna de temps en temps vingt francs.

La trahison fut alors évidente. Sir Fairnight, indigné, écrivit en Angleterre, fit un appel à onze pairs qui s'intéressaient à la science, et je fus acheté pour une somme de quatre mille livres sterling, que se partagèrent le professeur et son suppléant.

Je suis, en ce moment, aussi heureux que l'est mon maître. L'astucieux bibliothécaire profita de mon voyage pour voir Londres, sous le prétexte de donner des instructions à mon gardien, mais bien pour s'entendre avec lui. Je fus ravi de mon avenir en entrant dans la place qui m'était destinée. Sous ce rapport, les Anglais sont magnifiques. On m'avait préparé une charmante vallée, d'un quart d'acre, au bout de laquelle se trouve une belle cabane construite en bûches d'acajou. Une espèce de constable est attaché à ma personne, à cinquante livres sterling d'appointements.

— Mon cher, lui dit le savant faiseur de puffs décoré de la Légion d'honneur, si tu veux garder tes appointements aussi longtemps que vivra cet Âne, aie soin de ne jamais lui laisser reprendre son ancienne allure, et saupoudre toujours les raies qui en font un Zèbre avec cette liqueur que je te confie et que tu renouvelleras chez un apothicaire.

Depuis quatre ans, je suis nourri aux frais du *Zoological Garden*, où mon gardien soutient *mordicus* aux visiteurs que l'Angleterre me doit à l'intrépidité des grands voyageurs anglais Fenmann et Dapperton. Je finirai, je le vois, doucement mes jours dans cette délicieuse position, ne faisant rien que de me prêter à cette innocente tromperie, à laquelle je dois les flatteries de toutes les jolies miss, des belles ladies qui m'apportent du pain, de l'avoine, de l'orge, et viennent me voir marcher des deux pieds à la fois, en admirant les fausses zébrures de mon pelage sans comprendre l'importance de ce fait.

— La France n'a pas su garder l'Animal le plus curieux du globe, disent les Directeurs aux membres du Parlement.

Enfin je me mis résolument à marcher comme je marchais auparavant. Ce changement de démarche me rendit encore plus célèbre. Mon maître, obstinément appelé l'illustre Marmus, et tout le parti *Variétaire*, sut expliquer le fait à son avantage, en disant que feu le baron Cerceau avait prédit que la chose arriverait ainsi. Mon allure était un retour à l'instinct inaltérable donné par Dieu aux Animaux, et dont j'avais dévié, moi et les miens, en Afrique. Là-dessus on cita ce qui se passe à propos de la couleur des Chevaux sauvages dans les Ilanos d'Amérique et dans les steppes de la Tartarie, où toutes les couleurs dues au croisement des Chevaux domestiques finissent par se résoudre dans la vraie, naturelle et unique couleur des Chevaux sauvages, qui est le gris de souris. Mais les partisans de l'unité de composition, de l'attraction moléculaire et du développement de la forme et de l'instinct selon les exigences du milieu, seule manière d'expliquer la création constante et perpétuelle, prétendirent qu'au contraire l'instinct changeait avec le milieu.

Le monde savant est partagé entre Marmus, officier de la Légion d'honneur, conseiller de l'Université, professeur de ce que vous savez, membre de la Chambre des députés et de l'Académie des Sciences morales et politiques, qui n'a ni écrit une ligne, ni dit un mot, mais que les adhérents de feu Cerceau regardent comme un profond philosophe, et le vrai philosophe appuyé par les vrais savants, les Allemands, les grands penseurs.

Beaucoup d'articles s'échangent, beaucoup de dissertations se publient, beaucoup de brochures paraissent ; mais il n'y a dans tout ceci qu'une vérité de démontrée, c'est qu'il existe dans le budget une forte contribution payée aux intrigants par les imbéciles, que toute chaire est une marmite, le public un légume, que celui qui sait se taire est plus habile que celui qui parle, qu'un professeur est nommé moins pour ce qu'il dit que pour ce qu'il ne dit point, et qu'il ne s'agit pas tant de savoir que d'avoir. Mon ancien maître a placé toute sa famille dans les cabanes du budget.

Le vrai savant est un rêveur, celui qui ne sait rien se dit Homme-pratique. Pratiquer, c'est prendre sans rien dire. Avoir de l'entregent, c'est se fourrer, comme Marmus, entre les intérêts, et servir le plus fort.

Osez dire que je suis un Âne, moi qui vous donne ici la méthode de parvenir, et le résumé de toutes les sciences. Aussi, chers Animaux, ne changez rien à la constitution des choses : je suis trop bien au *Zoological Garden* pour ne pas trouver votre révolution stupide ! O Animaux, vous êtes sur un volcan, vous rouvrez l'abîme des révolutions. Encourageons, par notre obéissance et par la constante reconnaissance des faits accomplis, les divers États à faire beaucoup de Jardins des plantes, où nous serons nourris aux frais des Hommes, et où nous coulerons des jours exempts d'inquiétudes dans nos cabanes, couchés sur des prairies arrosées par le budget, entre des treillages dorés aux frais de l'État, en vrais sinécuristes marmusiens.

Songez qu'après ma mort, je serai empaillé, conservé dans les collections, et je doute que nous puissions, dans l'état de nature, *parvenir* à une pareille immortalité. Les Muséums sont le Panthéon des Animaux.

DE BALZAC.

III

VOYAGE D'UN MOINEAU DE PARIS
À LA RECHERCHE
DU MEILLEUR GOUVERNEMENT

INTRODUCTION

Les Moineaux de Paris passent depuis longtemps pour les plus hardis et les plus effrontés
Oiseaux qui existent : ils sont Français, voilà
leurs défauts et leurs qualités en un mot, ils
sont enviés, voilà l'explication de bien des
calomnies. Ils vivent, en effet, sans avoir à
craindre les coups de fusil ; ils sont indépen-
dants, ne manquent de rien, et sont sans doute
les plus heureux entre tous les volatiles. Peut-
être ne faut-il pas trop de bonheur à un Oiseau.
Cette réflexion, qui surprendrait chez tout
autre, est naturelle à un Friquet nourri de
haute philosophie et de petites graines ; car je
suis un habitant de la rue de Rivoli, voletant
dans la gouttière d'un illustre écrivain, allant
de son toit sur les fenêtres des Tuileries, et
comparant les soucis qui encombrent le palais
aux roses immortelles qui fleurissent dans la
simple demeure du défenseur des prolétaires,
ces Moineaux humains, ces Passereaux qui
font les générations et desquels il ne reste rien.

En gobant les miettes du pain et entendant les paroles d'un grand Homme, je suis devenu très illustre parmi les miens qui m'élurent en des circonstances graves, et me confièrent la mission d'observer la meilleure forme de gouvernement à donner aux Oiseaux de Paris. Les Moineaux de Paris furent naturellement effarouchés par la révolution de 1830 ; mais les Hommes ont été si fort occupés de cette grande mystification, qu'ils n'ont fait aucune attention à nous. D'ailleurs, les émeutes qui agitèrent le peuple ailé de Paris eurent lieu lors du choléra. Voici comment et pourquoi.

Les Moineaux de Paris, pleinement satisfaits par la desserte de cette vaste capitale, devinrent penseurs et très exigeants sous le rapport moral, spirituel et philosophique. Avant de venir habiter le toit de la rue de Rivoli, je m'étais échappé d'une cage où l'on m'avait mis à la chaîne, et où je tirais un seau d'eau pour boire quand j'avais soif. Jamais ni Silvio Pellico ni Maroncelli n'ont eu plus de douleurs au Spielberg que j'en endurai pendant deux ans de captivité chez le grand Animal qui se prétend le roi de la terre. J'avais raconté mes souffrances à ceux du faubourg Saint-Antoine, au milieu desquels je parvins à m'échapper et qui furent admirables pour moi. Ce fut alors que j'observai les mœurs du peuple-Oiseau. Je devinai que la vie n'était pas toute dans le boire et dans le manger. J'eus des opinions qui augmentèrent la célébrité que je devais à mes souffrances. On me vit souvent, posé sur la tête d'une statue au Palais-Royal, les plumes ébouriffées, la tête rentrée dans les

épaules, ne montrant que le bec, rond comme
une boule, l'œil à demi fermé, réfléchissant à
nos droits, à nos devoirs et à notre avenir : Où
vont les Moineaux ? d'où viennent-ils ? pourquoi ne peuvent-ils pas pleurer ? pourquoi ne
s'organisent-ils pas en société comme les
Canards sauvages, comme les Corbines, et
pourquoi ne s'entendent-ils pas comme elles
qui possèdent une langue sublime ? Telles
étaient les questions que je méditais.

Quand les Pierrots se battaient, ils cessaient
leurs disputes devant moi, sachant que je
m'occupais d'eux, que je pensais à leurs
affaires, et ils se disaient : — Voilà le Grand-
Friquet ! Le bruit des tambours, les parades de
la royauté me firent quitter le Palais-Royal : je
vins vivre dans l'atmosphère intelligente d'un
grand écrivain.

Sur ces entrefaites, il se passait des choses
qui m'échappaient, quoique je les eusse pré-
vues ; mais, après avoir observé la chute immi-
nente d'une avalanche, un Oiseau philosophe
se pose très bien sur le bord de la neige qui va
rouler. La disparition progressive des jardins
convertis en maisons rendait les Moineaux du
centre de Paris très malheureux et les plaçait
dans une situation pénible, surtout évidemment inférieure à celle des Moineaux du faubourg Saint-Germain, de la rue de Rivoli, du
Palais-Royal et des Champs-Élysées.

Les Moineaux des quartiers sans jardins
n'avaient ni graines, ni insectes, ni vermis-
seaux, enfin ils ne mangeaient pas de viande :
ils en étaient réduits à chercher leur vie dans
les ordures, et y trouvaient souvent des sub-

stances nuisibles. Il y avait deux sortes de Moineaux : les Moineaux qui avaient toutes les douceurs de la vie, et les Moineaux qui manquaient de tout, enfin des Moineaux privilégiés et des Moineaux souffrants.

Cette constitution vicieuse de la cité des Moineaux ne pouvait pas durer longtemps chez une nation de deux cent mille Moineaux effrontés, spirituels, tapageurs, dont une moitié pullulait heureuse avec de superbes femelles, tandis que l'autre maigrissait dans les rues, la plume défaite, les pieds dans la boue, sans cesse sur le qui-vive. Les Friquets souffrants, tous nerveux, munis de gros becs endurcis, aux ailes rudes comme leurs voix mâles, formaient une population généreuse et pleine de courage. Ils allèrent chercher pour les commander un Friquet qui vivait au faubourg Saint-Antoine chez un brasseur, un Friquet qui avait assisté à la prise de la Bastille. On s'organisa. Chacun sentit la nécessité d'obéir momentanément, et beaucoup de Parisiens furent alors étonnés de voir des milliers de Moineaux rangés sur les toits de la rue de Rivoli, l'aile droite appuyée à l'Hôtel de Ville, l'aile gauche à la Madeleine et le centre aux Tuileries.

Les Moineaux privilégiés, excessivement effrayés de cette démonstration, se virent perdus : ils allaient être chassés de toutes leurs positions et refoulés sur les campagnes où la vie est très malheureuse. Dans ces conjonctures, ils envoyèrent une élégante Pierrette pour porter aux insurgés des paroles de conciliation : — Ne valait-il pas mieux s'entendre

que de se battre ? Les insurgés m'aperçurent.
Ah ! ce fut un des plus beaux moments de ma
vie que celui où je fus élu par tous mes conci-
toyens pour dresser une charte qui concilierait
les intérêts des Moineaux les plus intelligents
du monde, divisés pour un moment par une
question de vivres, le fond éternel des discussions politiques.

Les Moineaux en possession des lieux
enchantés de cette capitale y avaient-ils des
droits absolus de propriété ? Pourquoi, comment cette inégalité s'était-elle établie ? pouvait-elle durer ? Dans le cas où l'égalité la plus
parfaite régirait les Moineaux de Paris, quelles
formes prendrait ce nouveau gouvernement ?
Telles furent les questions posées par les
commissaires des deux partis.

— Mais, me dirent les Friquets, l'air, la terre
et ses produits sont à tous les Moineaux.

— Erreur ! dirent les privilégiés. Nous habi-
tons une ville, nous sommes en société, subis-
sons-en les bonheurs et les malheurs. Vous
vivez encore infiniment mieux que si vous étiez
à l'état sauvage, dans les champs.

Il y eut alors un gazouillement général qui
menaçait d'étourdir les législateurs de la
Chambre, lesquels, sous ce rapport, craignent
la concurrence et tiennent à s'étourdir eux-
mêmes. Il sortit quelque chose de ce tumulte :
tout tumulte, chez les Oiseaux comme chez les
Hommes, annonce un fait. Un tumulte est un
accouchement politique. On émit la proposi-
tion, approuvée à l'unanimité, d'envoyer un
Moineau franc, impartial, observateur et instruit, à la recherche du Droit-Animal, et chargé

de comparer les divers gouvernements. On me nomma. Malgré nos habitudes sédentaires, je partis en qualité de procureur général des Moineaux de Paris : que ne fait-on pas pour sa patrie !

De retour depuis peu, j'apprends l'étonnante Révolution des Animaux, leur sublime résolution prise dans leur nuit célèbre au Jardin des plantes, et je mets la relation de mon voyage sur l'autel de la patrie, comme un renseignement diplomatique dû à la bonne foi d'un modeste philosophe ailé.

I

Du gouvernement formique

J'arrivai, non sans peine, après avoir traversé la mer, dans une île appelée assez orgueilleusement la Vieille Formicalion par ses habitants, comme s'il y avait des portions de globe plus jeunes que les autres. Une vieille Corbine instruite, que je rencontrai, m'avait indiqué le régime des Fourmis comme le gouvernement modèle ; vous comprenez combien j'étais curieux d'étudier ce système, et d'en découvrir les ressorts.

Chemin faisant, je vis beaucoup de Fourmis, voyageant pour leur plaisir : elles étaient toutes noires, très propres et comme vernies, mais sans aucune individualité. Toutes se ressemblaient. Qui voit une seule Fourmi, les connaît toutes. Elles voyagent dans une espèce de fluide formique qui les préserve de la boue, de la poussière, si bien que sur les montagnes, dans les eaux, dans les villes, rencontrez-vous une Fourmi, elle semble sortir d'une boîte, avec son habit noir bien brossé, bien net, ses pattes vernies et ses mandibules propres. Cette affectation de propreté ne prouve pas en leur faveur. Que leur arriverait-il donc sans ce soin perpétuel ? Je questionnai la première Fourmi que je vis : elle me regarda sans me répondre, je la crus sourde ; mais un Perroquet me dit qu'elle ne parlait qu'aux bêtes qui lui avaient été présentées.

Dès que je mis le pied dans l'île, je fus assailli d'Animaux étranges, au service de l'État et chargés de vous initier aux douceurs de la liberté en vous empêchant de porter certains objets, quand même vous les auriez en affection. Ils m'entourèrent, et me firent ouvrir le bec pour voir s'il n'y avait pas des poisons que, sans doute, il est défendu d'introduire. Je levai mes ailes l'une après l'autre pour montrer que je n'avais rien dessous. Après cette cérémonie, je fus libre d'aller et de venir dans le siège de l'Empire Formique dont les libertés m'avaient été si fort vantées par la Corbine.

Le premier spectacle qui me frappa vivement fut celui de l'activité merveilleuse de ce peuple. Partout des Fourmis allaient et venaient, chargeant et déchargeant des provisions. On bâtissait des magasins, on débitait le bois, on travaillait toutes les matières végétales. Des ouvriers creusaient des souterrains, amenaient des sucres, construisaient des galeries, et le mouvement est si attachant pour ce peuple, qu'on ne remarqua point ma présence. De différents points de la côte, il partait des embarcations chargées de Fourmis qui s'en allaient sur de nouveaux continents. Il arrivait des estafettes qui disaient que, sur tel point, telle denrée abondait, et aussitôt on expédiait des détachements de Fourmis pour s'en emparer, et ils s'en emparaient avec tant d'habileté, de promptitude, que les Hommes eux-mêmes se voyaient dévalisés sans savoir comment ni dans quel temps. J'avoue que je fus ébloui. Au milieu de l'activité générale, j'aperçus des Fourmis ailées au milieu de ce peuple noir sans ailes.

— Quelle est cette Fourmi qui se goberge et s'amuse pendant que vous travailler ? dis-je à une Fourmi qui restait en sentinelle.

— Oh ! me répondit-elle, c'est une noble Fourmi. Vous en compterez cinq cents ainsi, les Patriciennes de l'Empire Formique.

— Qu'est-ce qu'une Patricienne ? dis-je.

— Oh ! me répondit-elle, c'est notre gloire, à nous autres ! Une Fourmi Patricienne, comme vous le voyez, a quatre ailes, elle s'amuse, jouit de la vie et fait des enfants. À elle les amours, à nous le travail. Cette division est une des grandes sagesses de notre admirable constitution : on ne peut pas s'amuser et travailler tout ensemble. Chez nous, les Neutres font l'ouvrage, et les Patriciennes s'amusent !

— Mais est-ce une récompense du travail ? Pouvez-vous devenir Patricienne ?

— Ah ! bien, oui ! Non, fit la Fourmi Neutre. Les Patriciennes naissent Patriciennes. Sans cela, où serait le miracle ? il n'y aurait plus rien d'extraordinaire. Mais elles ont aussi leurs obligations, elles veillent à la sécurité de nos travaux, et préparent nos conquêtes.

La Fourmi Patricienne se dirigea de notre côté : toutes les Fourmis se dérangèrent et lui témoignèrent des respects infinis. J'appris qu'aucune des Fourmis ordinaires, dites Neutres, n'oserait disputer le pas à une Patricienne, ni se permettre de se placer devant elle. Les Neutres ne possèdent absolument rien, travaillent sans cesse, sont bien ou mal nourries, selon les chances ; mais les cinq cents Patriciennes ont des palais dans les fourmilières, elles y pondent des enfants qui sont l'orgueil de l'Empire Formique, et possèdent des parcs de Pucerons pour leur nourriture. J'assistai même à une chasse aux Pucerons, dans le domaine d'une Patricienne, spectacle qui me fit le plus grand plaisir à voir. On ne saurait imaginer jusqu'où ce peuple a poussé l'amour pour les petits, ni la perfection qu'il a su donner aux soins avec lesquels il les élève : comment les Neutres les brossent, les lèchent, les lavent, les veillent et les arrangent ! avec quelles admirables pensées de prévoyance elles les nourrissent et devinent les accidents auxquels ils sont exposés dans un âge si tendre. On étudie les températures, on les rentre quand il pleut, on les expose au soleil quand il fait beau, on les accoutume à faire jouer leurs mandibules, on les accompagne, on les exerce ; mais une fois grands, aussi tout est dit : plus d'amour, plus de sollicitude. Dans cet empire, l'état le meilleur pour les individus est d'être enfant.

Malgré la beauté des petits, la choquante

inégalité de ces mœurs me frappa vivement ; je
trouvai que les querelles des Moineaux de
Paris étaient des vétilles, comparées aux malheurs de ces pauvres Neutres. Vous comprenez
que ceci, pour un Friquet philosophe, n'était
que la question même. Il y avait lieu d'examiner par quels ressorts les cinq cents Fourmis
privilégiées maintenaient cet état de choses.
Au moment où j'allais aborder la Patricienne,
elle monta sur une des fortifications de la cité,
où se trouvaient quelques autres de son espèce
et où elle leur dit des mots en langue formique : aussitôt les Patriciennes se répan-
dirent dans la fourmilière. Je vis partir des
détachements commandés par des Patriciennes. Des Neutres s'embarquèrent sur des
pailles, sur des feuilles, sur des bâtons. J'appris
qu'il s'agissait d'aller porter secours à quelques
Neutres attaqué[e]s à deux mille pieds de là.
Pendant cette expédition, j'entendis la conversation suivante entre deux vieilles Patriciennes.

— Votre Seigneurie n'est-elle pas effrayée de
la grande quantité de peuple qui va mourir de
faim, nous ne saurions le nourrir...

— Votre Grâce ne sait donc pas que de
l'autre côté de l'eau il y a une fourmilière bien
garnie, et que nous allons l'attaquer, en chasser les habitants, et y mettre notre trop-plein.

Cette injuste agression était autorisée par le
principe fondamental du gouvernement Formique dont la Charte a pour premier article :
Ote-toi de là, que je m'y mette. Le second article
porte en substance que ce qui convient à
l'Empire Formique appartient à l'Empire For-

mique, et que quiconque s'oppose à ce que les sujets Formiques s'en emparent devient l'ennemi du gouvernement Formique. Je n'osai pas dire que les voleurs n'avaient pas d'autres principes, je reconnus l'impossibilité d'éclairer cette nation. Ce dogme sauvage est devenu l'instinct même des Fourmis. Leur expédition fut consommée sous mes yeux. Au retour de la guerre faite pour sauver les trois Neutres compromises, on envoya des ambassadeurs examiner le terrain, les abords de la fourmilière à prendre, et l'esprit des habitants.

— Bonjour, mes amis, dit la Patricienne à des Fourmis qui passaient, comment vous portez-vous ?

— Pardon, je suis occupée.

— Attendez donc ! que diable, on se parle. Vous avez beaucoup de grain, et nous n'en avons point ; mais vous manquez de bois, et nous en avons beaucoup : changeons ?

— Laissez-nous tranquilles, nous gardons nos grains.

— Mais il ne vous est pas permis de garder ce qui abonde chez vous, quand nous en manquons chez nous : cela est contre les lois du bon sens. Échangeons.

Sur le refus de la fourmilière, la Patricienne, qui se regarda comme insultée, expédia une feuille des plus solides chargée de Fourmis en Formicalion. Les Patriciennes dirent que l'honneur formique et la liberté commerciale étaient compromis par une fourmilière récalcitrante. Sur ce, l'eau fut couverte aussitôt d'embarcations, et la moitié des Neutres embarquées. Après trois jours de manœuvres,

les pauvres Fourmis étrangères furent obligées
de se disperser dans l'intérieur des terres,
abandonnant leur fourmilière aux enfants de
la Vieille Formication. Une Patricienne me
montra dix-sept fourmilières ainsi conquises et
où elles envoyaient leurs filles, qui y devenaient à leur tour Patriciennes.

— Vous faites des choses souverainement
infâmes, dis-je à la Patricienne qui était venue
offrir des bois pour des grains.

— Oh ! ce n'est pas moi, dit-elle. Moi, je suis
la plus honnête créature du monde ; mais le
gouvernement Formique est forcé d'agir dans
l'intérêt de ses classes ouvrières. Ce que nous
venons de faire était souverainement utile à
leurs intérêts. On se doit à son pays ; mais je
retourne dans mes terres, pratiquer les vertus
que Dieu impose à notre race.

En effet, elle paraissait au premier abord la
meilleure Fourmi du monde.

— Vous êtes de fiers sycophantes !
m'écriai-je.

— Oui, me dit une autre Patricienne en
riant ; mais convenez que cela est beau, dit-elle
en me montrant une file de Patriciennes qui se
promenaient au soleil dans l'éclat de leur puissance.

— Comment parvenez-vous à maintenir cet
état contre nature ? lui demandai-je. Je voyage
pour mon instruction, et voudrais savoir en
quoi consiste le bonheur des Animaux.

— Il consiste à se croire heureux, me répondit la Patricienne. Or, chaque ouvrière de
l'Empire Formique a la certitude de sa supériorité sur les autres Fourmis du monde. Inter-

rogez-les ? Toutes vous diront que nos fourmilières sont les mieux bâties, que dans quelque
endroit de la terre qu'elle se trouve, si
quelqu'un l'insulte, l'insulte est épousée par
l'Empire Formique.

— Il me semble que cet orgueil satisfait ne
donne pas de grain...

— Ceci ressemble à une raison ; mais vous
parlez en Moineau. Je vous avoue que nous
n'avons pas du grain pour tout le monde ; mais
ici tout le monde est convaincu que nous
sommes occupées à en chercher ; et tant que
nous pourrons de temps en temps conquérir
une fourmilière, tout ira bien.

— Mais ne craignez-vous pas que les autres
fourmilières, averties, ne se coalisent contre
vous, afin d'empêcher que vous ne les dévoriez
ainsi ?

— Oh ! non. L'un des principes de la politique formique est d'attendre que les fourmilières se chamaillent entre elles pour aller
prendre possession d'un territoire.

— Et quand elles ne se chamaillent pas ?

— Ah ! voilà ! Les Patriciennes ne sont
occupées qu'à fournir aux fourmilières étrangères les occasions de se chamailler.

— Ainsi la prospérité de l'Empire Formique
se fonde sur les divisions intestines des autres
fourmilières.

— Oui, seigneur Moineau. Voilà pourquoi
nos ouvrières sont si fières d'appartenir à
l'Empire Formique, et travaillent avec tant de
cœur en chantant : *Rule, Formicalia !*

— Ceci, me dis-je en partant, est contraire à
la Loi Animale : Dieu me garde de proclamer

de tels principes. Ces Fourmis n'ont ni foi ni loi. Que deviendraient les Moineaux de Paris, qui sont déjà si spirituels, au cas où quelque grand Moineau les organiserait ainsi ? Que suis-je ? Je ne suis pas seulement un Friquet parisien, je me suis élevé, par la pensée, à toute l'Animalité. Non, l'Animalité n'est pas faite pour être gouvernée ainsi. Ce système n'est que tromperie au profit de quelques-uns.

Je partis vraiment affligé de la perfection de cette oligarchie et de la hardiesse de son égoïsme. Chemin faisant, je rencontrai sur la route un prince d'Euglosse-Bourdon qui allait presque aussi vite que moi. Je lui demandai la raison de son empressement ; l'infortuné m'apprit qu'il voulait assister au couronnement d'une reine. Charmé de pouvoir observer une si belle cérémonie, j'accompagnai ce jeune prince, plein d'illusions. Il avait l'espoir d'être le mari de la reine, étant de cette célèbre famille d'Euglosse-Bourdon en possession de fournir des maris aux reines, et qui leur en tient toujours un tout prêt, comme on tenait à Napoléon un poulet tout rôti pour ses soupers. Ce prince, qui n'avait que ses belles couleurs pour toute fortune, quittait un pauvre endroit, sans fleurs ni miel, et comptait vivre dans le luxe, l'abondance et les honneurs.

II

DE LA MONARCHIE DES ABEILLES

Instruit déjà par ce que j'avais vu dans l'Empire Formique, je résolus d'examiner les mœurs du peuple avant d'écouter les grands et les princes. En arrivant, je heurtai une Abeille qui portait un potage.

— Ah ! je suis perdue, dit-elle. On me tuera, ou tout au moins je serai mise en prison.

— Et pourquoi ? lui dis-je.

— Ne voyez-vous pas que vous m'avez fait répandre le bouillon de la reine ! Pauvre reine ! Heureusement que la Grande-Échansonne, la duchesse des Roses, aura peut-être envoyé dans plusieurs directions : ma faute sera réparée, car je mourrais de chagrin d'avoir fait attendre la reine.

— Entends-tu, prince Bourdon ? dis-je au jeune voyageur.

L'Abeille se lamentait toujours d'avoir perdu l'occasion de voir la reine.

— Eh ! mon Dieu, qu'est-ce donc que votre reine pour que vous soyez dans une telle adoration ? m'écriai-je. Je suis d'un pays, ma chère, où l'on se soucie peu des rois, des reines et autres inventions humaines.

— Humaine ! s'écria l'Abeille. Il n'y a rien chez nous, effronté Pierrot, qui ne soit d'institution divine. Notre reine tient son pouvoir de Dieu. Nous ne pourrions pas plus exister en corps social sans elle, que tu ne pourrais voler sans plumes. Elle est notre joie et notre lumière, la cause et la fin de tous nos efforts. Elle nomme une directrice des ponts et chaussées qui nous donne nos plans et nos alignements pour nos somptueux édifices. Elle distribue à chacun sa tâche selon ses capacités, elle est la justice même, et s'occupe sans cesse de son peuple ; elle le pond, et nous nous empressons de le nourrir, car nous sommes créées et mises au monde pour l'adorer, la servir et la défendre. Aussi faisons-nous pour les petites reines des palais particuliers et les dotons-nous d'une bouillie particulière pour leur nourriture. À notre reine seule revient l'honneur de chanter et de parler, elle seule fait entendre sa belle voix.

— Quelle est votre reine ? dit alors le prince d'Euglosse-Bourdon.

— C'est, dit l'Abeille, Tithymalia XVII, dite la Grande-Ruchonne, car elle a pondu cent peuples de trente mille individus. Elle est sortie victorieuse de cinq combats qui lui ont été livrés par d'autres reines jalouses. Elle est douée de la plus surprenante perspicacité. Elle sait quand il doit pleuvoir, elle prévoit les plus rudes hivers, elle est riche en miel, et l'on soupçonne qu'elle en a des trésors placés dans les pays étrangers.

— Ma chère, dit le prince d'Euglosse-Bourdon, croyez-vous que quelque jeune reine soit sur le point d'être mariée...

— N'entendez-vous pas, prince, dit l'Ouvrière, le bruit et les cérémonies du départ d'un peuple ? Chez nous, il n'y a pas de peuple sans reine. Si vous voulez faire la cour à l'une des filles de Tithymalia, dépêchez-vous, vous êtes assez bien de votre personne, et vous aurez une belle lune de miel.

Je fus émerveillé du spectacle qui s'offrit à mes regards et qui, certes, doit agir assez sur les imaginations vulgaires pour leur faire aimer les momeries et les superstitions qui sont l'esprit et la loi de ce gouvernement. Huit timbaliers à corselet jaune et noir sortirent en

chantant de la vieille cité, que l'Ouvrière me dit
se nommer Sidracha du nom de la première
Abeille qui prêcha l'Ordre Social. Ces huit timbaliers furent suivis de cinquante musiciens si
beaux, que vous eussiez dit des saphirs vivants.
Ils exécutaient l'air de :

> Vive Tithymalia ! vive c'te reine bonne enfant !
> Qui mange et boit comme cent,
> Et qui pond tout autant.

Les paroles ont été faites par tout le monde,
mais l'air est dû à l'un des meilleurs Faux-
Bourdons du pays. Après, venaient les gardes
du corps armés d'aiguillons terribles ; ils
étaient deux cents, allaient six par six, sur six
rangs de profondeur, et chaque bataillon de six
rangs avait en tête un capitaine qui portait sur
son corselet la décoration du Sidrach,
emblème du mérite civil et militaire, une petite
étoile en cire rouge. Derrière les porte-aiguillons, allaient les essuyeuses de la reine,
commandées par la Grande-Essuyeuse ; puis la
Grande-Échansonne avec huit petites échan-
sonnes, deux par quartier ; la Grande-Maîtresse de la loge royale suivie de douze
balayeuses ; la Grande-Gardienne de la cire et
la Maîtresse du miel ; enfin la jeune reine, belle
de toute sa virginité. Ses ailes, qui reluisaient
d'un éclat ravissant, ne lui avaient pas encore
servi. Sa mère Tithymalia XVII, l'accompa-
gnait ; elle étincelait d'une poussière de diamants. Le corps de musique suivait, et chantait
une cantate composée exprès pour le départ.
Après le corps de musique, venaient douze
gros vieux Bourdons qui me parurent être une
espèce de clergé. Enfin dix ou douze mille

Abeilles sortirent se tenant par les pattes.
Tithymalia resta sur le bord de la ruche, et dit
à sa fille ces mémorables paroles :

— C'est toujours avec un nouveau plaisir
que je vous vois prendre votre volée, car c'est
une assurance que mon peuple sera tranquille,
et que...

Elle s'arrêta dans son improvisation, comme
si elle allait dire quelque chose de contraire à
la politique, et reprit ainsi :

— Je suis certaine que, formée par nos
mœurs, instruite de nos coutumes, vous servi-
rez Dieu, que vous répandrez la gloire de son
nom sur la terre ; que vous n'oublierez jamais
d'où vous êtes sortie, que vous conserverez nos
saintes doctrines de gouvernement, notre
manière de bâtir, et d'économiser le miel pour
vos augustes reines. Songez que sans la
royauté, il n'y a qu'anarchie ; que l'obéissance
est la vertu des bonnes Abeilles, et que le palla-
dium de l'État est dans votre fidélité. Sachez
que mourir pour vos reines, c'est faire vivre la
patrie. Je vous donne pour souveraine ma fille
Thalabath ! ce qui veut dire tarse agile.
Aimez-la bien.

Sur cette allocution pleine des agréments
qui distinguent l'éloquence royale, il y eut un
hurrah !

Un Papillon, à qui cette cérémonie pleine de
superstitions faisait pitié, me dit que la vieille
Tithymalia donnait à ses fidèles sujets une
double ration du meilleur miel, et que la police
et le miel fin étaient pour beaucoup dans ces
solennités, mais qu'au fond, elle était haïe.

Dès que le jeune peuple partit avec sa reine,

mon compagnon de voyage alla bourdonner autour de l'essaim en criant : — Je suis un prince de la maison d'Euglosse-Bourdon. Il y a des polissons de savants qui refusent à notre famille de savoir faire du miel, mais pour te plaire, ô merveille de la race de Tithymalia ! je suis capable de faire des économies, surtout si vous avez une belle dot.

— Savez-vous, prince, lui dit alors la Grande-Maîtresse de la loge royale, que, chez nous, le mari de la reine n'est rien du tout, il n'a ni honneurs, ni rang ; il est considéré comme un moyen malheureux, dont il est impossible de se passer, mais nous ne souffrons pas qu'il s'immisce dans le gouvernement.

— Tu t'immisceras ! Viens, mon ange, lui dit gracieusement Thalabath, ne les écoute pas. Je suis la reine, moi ! Je puis beaucoup pour toi : tu seras d'abord le commandant de mes porte-aiguillons ; mais si, en général, tu m'obéis, je t'obéirai en particulier. Et nous irons nous rouler dans les fleurs, dans les roses, nous danserons à midi sur les nectaires embaumés, nous patinerons sur la glace des lis, nous chanterons des romances dans les cactus, et nous oublierons ainsi les soucis du pouvoir...

Je fus surpris d'une chose, qui ne regarde pas le gouvernement, mais que je ne puis m'empêcher de consigner ici, c'est que l'amour est absolument le même partout. Je livre cette observation à tous les Animaux, en demandant qu' il soit nommé une commission pour examiner ce qui se passe chez les Hommes.

— Ma chère, dis-je à l'Ouvrière, ayez la

bonté de dire à la vieille reine Tithymalia qu'un étranger de distinction, un Pierrot de Paris, désirerait lui être présenté.

Tithymalia devait bien connaître les secrets de son propre gouvernement, et comme j'avais remarqué le plaisir qu'elle prenait à bavarder, je ne pouvais m'adresser à personne qui me donnât de meilleurs renseignements : le silence avec elle devait être aussi instructif que la parole. Plusieurs Abeilles vinrent m'examiner pour savoir si je ne portais pas sur moi aucune odeur dangereuse. La reine était tellement idolâtrée de ses sujettes, qu'on tremblait à l'idée de sa mort. Quelques instants après, la vieille reine Tithymalia vint se poser sur une fleur de pêcher où j'occupais une branche inférieure, et où, par habitude, elle prit quelque chose.

— Grande reine, lui dis-je, vous voyez un philosophe de l'ordre des Moineaux, voyageant pour comparer les gouvernements divers des Animaux afin de trouver le meilleur. Je suis Français et troubadour, car le Moineau français pense en chantant. Votre Majesté doit bien connaître les inconvénients de son système.

— Sage Moineau, je m'ennuierais beaucoup si je n'avais pas à pondre deux fois par an ; mais j'ai souvent désiré n'être qu'une Ouvrière, mangeant la soupe aux choux des roses, allant et venant de fleur en fleur. Si vous voulez me faire plaisir, ne m'appelez ni majesté ni reine, dites-moi tout simplement princesse.

— Princesse, repris-je, il me semble que la mécanique à laquelle vous donnez le nom de peuple des Abeilles exclut toute liberté, vos Ouvrières font toujours absolument la même chose, et vous vivez, je le vois, d'après les coutumes égyptiennes.

— Cela est vrai, mais l'Ordre est une des plus belles choses. ORDRE PUBLIC, voilà notre devise, et nous la pratiquons ; tandis que si les Hommes s'avisent de nous imiter, ils se contentent de graver ces mots en relief sur les boutons de leurs gardes nationaux, et les prennent alors pour prétexte des plus grands désordres. La monarchie, c'est l'ordre, et l'ordre est absolu.

— L'ordre à votre profit, princesse. Il me semble que les Abeilles vous font une jolie liste civile de bouillie perfectionnée, et ne s'occupent que de vous.

— Eh ! que voulez-vous ? l'État, c'est moi. Sans moi, tout périrait. Partout où chacun discute l'ordre, il fait l'ordre à son image, et comme il y a autant d'ordres que d'opinions, il s'ensuit un constant désordre. Ici, l'on vit heureux parce que l'ordre est le même : il vaut mieux que ces intelligentes Bêtes aient une reine que d'en avoir cinq cents comme chez les Fourmis, par exemple. Le monde des Abeilles a tant de fois éprouvé le danger des discussions, qu'il ne tente plus l'expérience. Un jour, il y eut une révolte. Les Ouvrières cessèrent de recueillir la propolis, le miel, la cire. À la voix de quelques novatrices, on enfonça les magasins, chacune d'elles devint libre, et voulut faire à sa guise ! Je sortis, suivie de quelques fidèles de ma garde, de mes accoucheuses et de ma cour, et vins dans cette ruche. Eh bien, la ruche en révolution n'eut plus de bâtiments, plus de réserves. Chacune des citoyennes mangea son

miel, et la nation n'exista plus. Quelques fugi-
tifs vinrent chez nous transis de froid, et
reconnurent leurs erreurs.

— Il est malheureux, lui dis-je que le bien ne
puisse s'obtenir que par une division cruelle en
castes ; mon bon sens de Moineau se révolte à
cette idée de l'inégalité des conditions.

— Adieu, me dit la reine, que Dieu vous
éclaire ! De Dieu procède l'instinct, obéissons à
Dieu. Si l'égalité pouvait être proclamée, ne
serait-ce pas chez les Abeilles, qui sont toutes
de même forme et de même grandeur, dont les
estomacs ont la même capacité, dont les affections sont réglées par les lois mathématiques
les plus rigoureuses ? Mais, vous le voyez, ces
proportions, ces occupations ne peuvent être
maintenues que par le gouvernement d'une
reine.

— Et pour qui faites-vous votre miel ? pour
l'Homme ? lui dis-je. Oh ! la liberté ! Ne travailler que pour soi, s'agiter dans son instinct ! ne
se dévouer que pour tous, car tous, c'est encore
nous-mêmes !

— Il est vrai que je ne suis pas libre, dit la
reine, et que je suis plus enchaînée que ne l'est
mon peuple. Sortez de mes États, philosophe
parisien, vous pourriez séduire quelques têtes
faibles.

— Quelques têtes fortes ! dis-je.

Mais elle s'envola. Je me grattai la tête quand
la reine fut partie, et j'en fis tomber une Puce
d'une espèce particulière.

— Ô philosophe de Paris, je suis une pauvre
Puce venue de bien loin sur le dos d'un loup,
me dit-elle ; je viens de t'entendre, et je

t'admire. Si tu veux t'instruire, prends par l'Allemagne, traverse la Pologne, et, vers l'Ukraine, tu te convaincras par toi-même de la grandeur et de l'indépendance des Loups dont les principes sont ceux que tu viens de proclamer à la face de cette vieille radoteuse de reine. Le Loup, seigneur Moineau, est l'Animal le plus mal jugé qui existe. Les naturalistes ignorent ses belles mœurs républicaines, car il mange les naturalistes assez osés pour venir au milieu d'une Section ; mais ils ne pourront pas dévorer un Oiseau. Tu peux sans rien craindre te poser sur la tête du plus fier des Loups, d'un Gracchus, d'un Marius, d'un Régulus lupien, et tu contempleras les plus belles vertus animales pratiquées dans les steppes où se sont établies les républiques des Loups et des Chevaux. Les Chevaux sauvages, autrement dit, les Tarpans, c'est Athènes ; mais les Loups, c'est Sparte.

— Merci, Puceron. Que vas-tu faire ?

— Sauter sur ce Chien de chasse assis au soleil, et d'où je suis sortie.

Je volai vers l'Allemagne et vers la Pologne dont j'avais tant entendu parler dans la mansarde de mon philosophe rue de Rivoli.

III

DE LA RÉPUBLIQUE LUPIENNE

Ô Moineaux de Paris, Oiseaux du monde, Animaux du globe, et vous, sublimes carcasses antédiluviennes, l'admiration vous saisirait tous, si, comme moi, vous aviez été visiter la noble république lupienne, la seule où l'on dompte la Faim ! Voilà qui élève l'âme d'un Animal ! Quand j'arrivai dans les magnifiques steppes qui s'étendent de l'Ukraine à la Tartarie, il faisait déjà froid, et je compris que le bonheur donné par la liberté pouvait seul faire habiter un tel pays. J'aperçus un Loup en sentinelle.

— Loup, lui dis-je, j'ai froid et vais mourir : ce serait une perte pour votre gloire, car je suis amené par mon admiration pour votre gouvernement, que je viens étudier pour en propager les principes parmi les Bêtes.

— Mets-toi sur moi, me dit le Loup.

— Mais tu me mangeras, citoyen ?

— À quoi cela m'avancerait-il ? répondit le Loup. Que je te mange ou ne te mange pas, je n'en aurai pas moins faim. Un Moineau pour un Loup, ce n'est pas même une seule graine de lin pour toi.

J'eus peur, mais je me risquai, en vrai philosophe. Ce bon Loup me laissa prendre position sur sa queue, et me regarda d'un œil affamé sans me toucher.

— Que faites-vous là ? lui dis-je pour renouer la conversation.

— Eh ! me dit-il, nous attendons des propriétaires qui sont en visite dans un château voisin, et nous allons, quand ils en sortiront, probablement manger des Chevaux esclaves, de vils cochers, des valets et deux propriétaires russes.

— Ce sera drôle, lui dis-je.

Ne croyez pas, Animaux, que j'ai voulu bas-

sement flatter ce sauvage républicain qui pouvait ne pas aimer la contradiction : je disais là
ma pensée. J'avais entendu tant maudire à
Paris, dans les greniers, et partout, l'abominable variété d'hommes appelés *les propriétaires*, que, sans les connaître le moins du
monde, je les haïssais beaucoup.

— Vous ne leur mangerez pas le cœur,
repris-je en badinant.

— Pourquoi ? me dit le citoyen Loup.

— J'ai ouï-dire qu'ils n'en avaient point.

— Quel malheur ! s'écria le Loup ; c'est une
perte pour nous, mais ce ne sera pas la seule.

— Comment ! fis-je.

— Hélas ! me dit le citoyen Loup, beaucoup
des nôtres périront à l'attaque ; mais la patrie
avant tout ! Il n'y a que six Hommes, quatre
Chevaux et quelques effets potables, ce ne sera
pas assez pour notre section des Droits du
Loup, qui se compose d'un millier de Loups.
Songe, Moineau, que nous n'avons rien pris
depuis deux mois.

— Rien ? lui dis-je, pas même une princesse
russe !

— Pas même un Tarpan ! Ces gueux de Tarpans nous sentent de deux lieues.

— Eh bien, comment ferez-vous ? lui dis-je.

— Les lois de la république ordonnent aux
jeunes Loups et aux Loups valides de
combattre et de ne pas manger. Je suis jeune,
je laisserai passer les Femmes, les petits et les
anciens...

— Cela est bien beau, lui dis-je.

— Beau ! s'écria-t-il ; non, c'est tout simple.
Nous ne reconnaissons pas d'autre inégalité

que celles de l'âge et du sexe. Nous sommes tous égaux.

— Pourquoi ?

— Parce que nous sommes tous également forts.

— Cependant vous êtes en sentinelle, monseigneur.

— C'est mon tour de garde, dit le jeune Loup, qui ne se fâcha point d'être monseigneurisé.

— Avez-vous une Charte ? lui dis-je.

— Qu'est-ce que c'est que ça ? dit le jeune Loup.

— Mais vous êtes de la section des Droits du Loup, vous avez donc des droits ?

— Le droit de faire tout ce que nous voulons. Nous nous rassemblons dès qu'il y a péril pour tous les Loups ; mais le chef que nous nous donnons redevient simple Loup après l'affaire. Il ne lui passerait jamais par la tête qu'il vaut mieux que le Loup qui a fait ses dernières dents le matin. Tous les Loups sont frères !

— Dans quelles circonstances vous rassemblez-vous ?

— Quand il y a disette et pour chasser dans l'intérêt commun. On chasse par sections. Dans les jours de grande famine, on partage, et les parts se font strictement. Mais sais-tu, moutard de Moineau, que dans les circonstances les plus horribles, quand, par dix pieds de neige sur les steppes, par la clôture de toutes les maisons, quand il n'y a rien à croquer pendant des trois mois, on se serre le ventre, on se tient chaud les uns contre les

autres ! Oui, depuis que la république des
Loups est constituée, jamais il n'est arrivé
qu'un coup de dent ait été donné par un Loup
sur un autre. Ce serait un crime de lèse-
majesté : un Loup est un souverain. Aussi le
proverbe, *les Loups ne se mangent point,* est-il
universel et fait-il rougir les Hommes.

— Hé ! lui dis-je pour l'égayer, les Hommes
disent que les souverains sont des Loups. Mais
alors il ne saurait y avoir de punitions.

— Si un Loup a commis une faute dans
l'exercice de ses fonctions, s'il n'a pas arrêté le
gibier, s'il a manqué à flairer, à prévenir, il est
battu ; mais il n'en est pas moins considéré
parmi les siens. Tout le monde peut faillir.
Expier sa faute, n'est-ce pas obéir aux lois de la
république ? Hors le cas de chasse pour raison
de faim publique, chacun est libre comme l'air,
et d'autant plus fort qu'il peut compter sur tous
au besoin.

— Voilà qui est beau ! m'écriai-je. Vivre seul
et dans tous ! vous avez résolu le plus grand
problème. J'ai bien peur, pensai-je, que les
Moineaux de Paris n'aient pas assez de simplicité pour adopter un pareil système.

— Hourrah ! cria mon ami le Loup.
Je volai à dix pieds au-dessus de lui. Tout à
coup mille à douze cents Loups, d'un poil
superbe et d'une incroyable agilité, arrivèrent
aussi rapidement que s'ils eussent été des
Oiseaux. Je vis de loin venir deux kitbikts atte-
lés de deux Chevaux chacun ; mais malgré la
rapidité de leur course, en dépit des coups de
sabre distribués aux Loups par les maîtres et
par les valets, les Loups se firent écraser sous

les roues avec une sublime abnégation de leur poil qui me parut le comble du stoïcisme républicain. Ils firent trébucher les Chevaux, et dès que ces Chevaux purent être mordus, ils furent morts ! Si la meute perdit une centaine de Loups il y eut une belle curée. Mon Loup, comme sentinelle, eut le droit de manger le cuir des tabliers. De vaillants Loups, n'ayant rien, mangeaient les habits et les boutons. Il ne resta que six crânes qui se trouvèrent trop durs, et que les Loups ne pouvaient ni casser ni mordre. On respecta les cadavres des Loups morts dans l'action : ce fut l'objet d'une spéculation excessivement habile. Des Loups affamés se couchèrent sous les cadavres. Des Oiseaux de proie vinrent se poser dessus, il y en eut de pris et de dévorés.

Émerveillé de cette liberté absolue qui existe sans aucun danger, je me mis à rechercher les causes de cette admirable égalité. L'égalité des droits vient évidemment de l'égalité des moyens. Les Loups sont tous égaux, parce qu'ils sont tous également forts, comme me l'avait fait pressentir mon interlocuteur. Le mode à suivre, pour arriver à l'égalité absolue de tous les citoyens, est de leur donner à tous, par l'éducation, comme font les Loups, les mêmes facultés. Dans les violents exercices auxquels s'adonnent ces républicains, tout être chétif succombe : il faut que le Louveteau sache souffrir et combattre, ils ont donc tous le même courage. On ne s'ennoblit point dans une position supérieure à celle d'autrui, on s'y dégrade dans la mollesse et le rien-faire. Les Loups n'ont rien et ont tout. Mais cet admi-

rable résultat vient des mœurs. Quelle entre-
prise, que de réformer les mœurs d'un pays
gâté par les jouissances ! Je devinai pourquoi
et comment il y avait à Paris des Moineaux qui
mangeaient des vers, des graines, qui habi-
taient des oasis, et comment il y avait de
pauvres Moineaux forcés de picorer par les
rues. Par quels moyens convaincre les Moineaux heureux de se faire les égaux des Moineaux malheureux ? Quel nouveau fanatisme
inventer ?

Les Loups s'obéissent tout aussi durement à
eux-mêmes que les Abeilles obéissaient à leur
reine, et les Fourmis à leurs lois. La liberté
rend esclave du devoir, les Fourmis sont
esclaves de leurs mœurs, et les Abeilles de leur
reine. Ma foi ! s'il faut être esclave de quelque
chose, il vaut mieux n'obéir qu'à la raison
publique, et je suis pour les Loups. Évidemment, Lycurgue avait étudié leurs mœurs,
comme son nom l'indique. L'union fait la
force, là est la grande charte des Loups, qui
peuvent, seuls entre les Animaux, attaquer et
dévorer les Hommes, les Lions, et qui règnent
par leur admirable égalité. Maintenant, je
comprends la Louve mère de Rome !

Après avoir profondément médité sur ces
questions, je me promis, en revenant, de les
dégosiller à mon grand écrivain. Je me promettais aussi de lui adresser quelques questions
sur toutes ces choses. Avouons-le à ma honte
ou à ma gloire ! à mesure que je me rappro-
chais de Paris, l'admiration que m'avait inspi-
rée cette race sauvage de héros lupiens se dissi-
pait en présence des mœurs sociales, en

pensant aux merveilles de l'esprit cultivé, en me souvenant des grandeurs où conduit cette tendance idéaliste qui distingue le Moineau français. La fière république des Loups ne me satisfaisait plus entièrement. N'est-ce pas, après tout, une triste condition, que de vivre uniquement de rapines ? Si l'égalité entre Loups est une des plus sublimes conquêtes de l'esprit animal, la guerre du Loup à l'Homme, à l'Oiseau de proie, au Cheval et à l'Esclave, n'en reste pas moins en principe une abominable violation du droit des Bêtes.

— Les rudes vertus d'une république ainsi faite, me disais-je, ne subsistent donc que par la guerre ? Sera-ce le meilleur gouvernement possible, celui qui ne vivra qu'à la condition de lutter, de souffrir, d'immoler sans cesse et les autres et soi-même ? Entre mourir de faim en ne faisant aucune œuvre durable, ou mourir de faim en coopérant, comme le Moineau de Paris, à une histoire perpétuelle, à la trame continue d'une étoffe brodée de fleurs, de monuments et de rébus, quel Animal ne choisirait le *tout* au *rien*, le *plein* au *vide*, l'*œuvre* au *néant* ? Nous sommes tous ici-bas pour faire quelque chose ! Je me rappelai les Polypes de la mer des Indes, qui, fragment de matière mobile, réunion de quelques monades sans cœur, sans idée, uniquement douées de mouvement, s'occupent à faire des îles sans savoir ce qu'ils font. Je tombai donc dans d'horribles doutes sur la nature des gouvernements. Je vis que beaucoup apprendre, c'est amasser des doutes. Enfin, je trouvai ces Loups socialistes décidément trop carnassiers pour le temps où

nous vivons. Peut-être pourrait-on leur enseigner à manger du pain, mais il faudrait alors
que les Hommes consentissent à leur en donner.

Je devisais ainsi à tire-d'aile, arrangeant
l'avenir à vol d'Oiseau, comme s'il ne dépendait
pas des Hommes d'abattre les forêts et d'inventer les fusils, car je faillis être atteint par une
de ces machines inexplicables ! J'arrivai fatigué. Hélas ! la mansarde est vide : mon philosophe est en prison pour avoir entretenu les
riches des misères du peuple. Pauvres riches,
quels torts vous font vos défenseurs ! J'allai
voir mon ami dans sa prison, il me reconnut.
    — D'où viens-tu, cher petit compagnon ?
s'écria-t-il. Si tu as vu beaucoup de pays, tu as
dû voir beaucoup de souffrances qui ne cesse-
ront que par la promulgation du code de la
Fraternité.

IV

VOYAGE D'UN LION D'AFRIQUE À PARIS, ET CE QUI S'ENSUIVIT

I

OÙ L'ON VERRA PAR QUELLES RAISONS
DE HAUTE POLITIQUE LE PRINCE LÉO
DUT FAIRE UN VOYAGE EN FRANCE

Au bas de l'Atlas, du côté du désert, règne un
vieux Lion nourri de ruse. Dans sa jeunesse, il
a voyagé jusque dans les montagnes de la
Lune ; il a su vivre en Barbarie, en Tombouc-
tou, en Hottentotie, au milieu des républiques
d'Éléphants, de Tigres, de Boschimans et de
Troglodytes, en les mettant à contribution et
ne leur déplaisant point trop ; car ce ne fut que
sur ses vieux jours, ayant les dents lourdes,
qu'il fit crier les Moutons en les croquant. De
cette complaisance universelle, lui vint son
surnom de Cosmopolite, ou l'ami de tout le
monde. Une fois sur le trône, il a voulu justifier
la jurisprudence des Lions par cet admirable
axiome : *Prendre, c'est apprendre.* Et il passe
pour un des monarques les plus instruits. Ce

qui n'empêche pas qu'il déteste les lettres et les
lettrés. « Ils embrouillent encore ce qui est
embrouillé », dit-il.

Il eut beau faire, le peuple voulut devenir
savant. Les griffes parurent menaçantes sur
tous les points du désert. Non seulement les
sujets du Cosmopolite faisaient mine de le
contrarier, mais encore sa famille commençait
à murmurer. Les jeunes Altesses Griffées lui
reprochaient de s'enfermer avec un grand Griffon, son favori, pour compter ses trésors sans
admettre personne à les voir.

Ce Lion parlait beaucoup, mais il agissait
peu. Les crinières fermentaient. De temps en
temps, des Singes perchés sur des arbres
éclaircissaient des questions dangereuses. Des
Tigres et des Léopards demandaient un partage égal du butin. Enfin, comme dans la plupart des Sociétés, la question de la viande et
des os divisait les masses.

Déjà plusieurs fois le vieux Lion avait été
forcé de déployer tous ses moyens pour
comprimer le mécontentement populaire en
s'appuyant sur la classe intermédiaire des
Chiens et des Loups-Cerviers, qui lui vendirent
un peu cher leur concours. Trop vieux pour se
battre, le Cosmopolite voulait finir ses jours
tranquillement, et, comme on dit, en bon Tos-
can de Léonie, mourir dans sa tanière. Ainsi
les craquements de son trône le rendaient-ils
songeur. Quand Leurs Altesses les Lionceaux
le contrariaient un peu trop, il supprimait les
distributions de vivres, et les domptait par la
famine ; car il avait appris, dans ses voyages,
combien on s'adoucit en ne prenant rien.

Hélas ! il avait retourné cette grave question sur toutes ses dents. En voyant la Léonie dans un état d'agitation qui pouvait avoir des suites fâcheuses, le Cosmopolite eut une idée excessivement avancée pour un Animal, mais qui ne surprit point les cabinets à qui les tours de passe-passe par lesquels il se recommanda pendant sa jeunesse étaient suffisamment connus.

Un soir, entouré de sa famille, il bâilla plusieurs fois et dit ces sages paroles : « Je suis véritablement bien fatigué de toujours rouler cette pierre qu'on appelle le pouvoir royal. J'y ai blanchi ma crinière, usé ma parole et dépensé ma fortune, sans y avoir gagné grand-chose. Je dois donner des os à tous ceux qui se disent les soutiens de mon pouvoir ! Encore si je réussissais ! Mais tout le monde se plaint. Moi seul, je ne me plaignais pas, et voilà que cette maladie me gagne ! Peut-être ferais-je mieux de laisser aller les choses et de vous abandonner le sceptre, mes enfants ! Vous êtes jeunes, vous aurez les sympathies de la jeunesse, et vous pourrez vous débarrasser de tous les Lions mécontents en les éconduisant à la victoire. »

Sa Majesté Lionne eut alors un retour de jeunesse et chanta la *Marseillaise* des Lions :

Aiguisez vos griffes, hérissez vos crinières !

— Mon père, dit le jeune prince, si vous êtes disposé à céder au vœu national, je vous avouerai que les Lions de toutes les parties de l'Afrique, indignés du *far niente* de Votre Majesté, étaient sur le point d'exciter des orages capables de faire sombrer le vaisseau de l'État.

— Ah ! mon drôle, pensa le vieux Lion, tu es
attaqué de la maladie des princes royaux, et ne
demanderais pas mieux que de voir mon abdication !... Bon, nous allons te rendre sage !
Prince, reprit à haute voix le Cosmopolite, on
ne règne plus par la gloire, mais par l'adresse,
et pour vous en convaincre, je veux vous
mettre à l'ouvrage.

Dès que cette nouvelle circula dans toute
l'Afrique, elle y produisit un tapage inouï.
Jamais, dans le désert, aucun Lion n'avait
abdiqué. Quelques-uns avaient été dépossédés
par des usurpateurs, mais personne ne s'était
avisé de quitter le trône. Aussi la cérémonie
pouvait-elle être facilement entachée de nul-
lité, faute de précédents.

Le matin, à l'aurore, le Grand Chien,
commandant les hallebardiers, dans son grand
costume et armé de toutes pièces, rangea la
garde en bataille. Le vieux roi se mit sur son
trône. Au-dessus, on voyait ses armes représen-
tant une Chimère au grand trot, poursuivie par
un poignard. Là, devant tous les Oisons qui
composaient la cour, le grand Griffon apporta
le sceptre et la couronne. Le Cosmopolite dit à
voix basse ces remarquables paroles à ses
Lionceaux, qui reçurent sa bénédiction, seule
chose qu'il voulut leur donner, car il garda
judicieusement ses trésors.

— Enfants, je vous prête ma couronne pour
quelques jours, essayez de plaire au peuple et
vous m'en direz des nouvelles.

Puis, à haute voix et se tournant vers la cour,
il cria :

— Obéissez à mon fils, il a mes instructions !

Dès que le jeune Lion eut le gouvernement des affaires, il fut assailli par la jeunesse Lionne dont les prétentions excessives, les doctrines, l'ardeur, en harmonie d'ailleurs avec les idées des deux jeunes gens, firent renvoyer les anciens conseillers de la couronne. Chacun voulut leur vendre son concours. Le nombre des places ne se trouva point en rapport avec le nombre des ambitions légitimes ; il y eut des mécontents qui réveillèrent les masses intelligentes. Il s'éleva des tumultes, les jeunes tyrans eurent la patte forcée et furent obligés de recourir à la vieille expérience du Cosmopolite, qui, vous le devinez, fomentait ces agitations. Aussi, en quelques heures, le tumulte fut-il apaisé. L'ordre régna dans la capitale. Un baise-griffe s'ensuivit, et la cour fit un grand carnaval pour célébrer le retour au *statu quo* qui parut être le *vœu du peuple.* Le jeune prince, trompé par cette scène de haute comédie, rendit le trône à son père, qui lui rendit son affection.

Pour se débarrasser de son fils, le vieux Lion lui donna une mission. Si les Hommes ont la question d'Orient, les Lions ont la question d'Europe, où depuis quelque temps des Hommes usurpaient leur nom, leurs crinières et leurs habitudes de conquête. Les susceptibilités nationales des Lions s'étaient effarouchées. Et, pour préoccuper les esprits, les empêcher de retroubler sa tranquillité, le Cosmopolite jugea nécessaire de provoquer des explications internationales de tanière à *camarilla.* Son Altesse Lionne, accompagnée d'un de ses Tigres ordinaires, partit pour Paris sans aucun attaché.

Nous donnons ici les dépêches diploma-
tiques du jeune prince et celles de son Tigre
ordinaire.

II

COMMENT LE PRINCE LÉO FUT TRAITÉ
À SON ARRIVÉE DANS LA CAPITALE
DU MONDE CIVILISÉ

PREMIÈRE DÉPÊCHE

« Sire,

« Dès que votre auguste fils eut dépassé
l'Atlas, il fut reçu à coups de fusil par les postes
français. Nous avons compris que les soldats
lui rendaient ainsi les honneurs dus à son
rang. Le Gouvernement français s'est empressé
de venir à sa rencontre ; on lui a offert une
voiture élégante, ornée de barreaux en fer
creux qu'on lui fit admirer comme un des pro-
grès de l'industrie moderne. Nous fûmes nourris des viandes les plus recherchées, et nous
n'avons eu qu'à nous louer des procédés de la
France. Le prince fut embarqué, par égard
pour la race Animale, sur un vaisseau appelé *le
Castor*. Conduits par les soins du Gouvernement français jusqu'à Paris, nous y sommes
logés aux frais de l'État, dans un délicieux
séjour appelé le Jardin du Roi, où le peuple
vient nous voir avec un tel empressement,
qu'on nous a donné les plus illustres savants
pour gardiens, et que, pour nous préserver de

toute indiscrétion, ces messieurs ont été forcés de mettre des barres de fer entre nous et la foule. Nous sommes arrivés dans d'heureuses circonstances, il se trouva là des ambassadeurs venus de tous les points du globe.

« J'ai lorgné dans un hôtel voisin, un Ours blanc venu d'outre-mer pour des réclamations de son gouvernement. Ce prince Oursakoff m'a dit alors que nous étions les dupes de la France. Les Lions de Paris, inquiets de notre ambassade, nous avaient fait enfermer. Sire, nous étions prisonniers.

« — Où pourrons-nous trouver les Lions de Paris ? lui ai-je demandé.

« Votre Majesté remarquera la finesse de ma conduite. En effet, la diplomatie de la Nation Lionne ne doit pas s'abaisser jusqu'à la fourberie, et la franchise est plus habile que la dissimulation. Cet Ours, assez simple ; devina sur-le-champ ma pensée, et me répondit sans détour que les Lions de Paris vivaient en des régions tropicales où l'asphalte formait le sol et où les vernis du Japon croissaient, arrosés par l'argent d'une fée appelée Conseil général de la Seine. « Allez toujours devant vous, et quand vous trouverez sous vos pattes des marbres blancs sur lesquels se lit ce mot : SEYSSEL ! un terrible mot qui a bu de l'or, dévoré des fortunes, ruiné des Lions, fait renvoyer bien des Tigres, voyager des Loups-Cerviers, pleurer des Rats, rendre gorge à des Sangsues, vendre des Chevaux et des Escargots !... quand ce mot flamboiera, vous serez arrivé dans le quartier Saint-Georges où se retirent ces Animaux. »

« — Vous devez être satisfait, dis-je avec la

politesse qui doit distinguer les ambassadeurs, de ne point trouver votre maison qui règne dans le Nord, les Oursakoff, ainsi travestis ?

« — Pardonnez-moi, reprit-il, les Oursakoff ne sont pas plus épargnés que vous par les railleries parisiennes. J'ai pu voir, dans une imprimerie, ce qui s'appelle un Ours imitant notre majestueux mouvement de va-et-vient, si convenable à des gens réfléchis comme nous le sommes vers le Nord, et le prostituant à mettre du noir sur du blanc. Ces Ours sont assistés de Singes qui grappillent des lettres, et ils font ce qu'ici les savants nomment des livres, un produit bizarre de l'Homme que j'entends aussi nommer des *bouquins,* sans avoir pu deviner le rapport qui peut exister entre le fils d'un Bouc et un livre, si ce n'est l'odeur.

« — Quel avantage les Hommes trouvent-ils, cher Prince Oursakoff, à prendre nos noms sans pouvoir prendre nos qualités ?

« — Il est plus facile d'avoir de l'esprit en se disant une Bête qu'en se donnant pour un Homme de talent ! D'ailleurs, les Hommes ont toujours si bien senti notre supériorité, que, de tout temps, ils se sont servis de nous pour s'anoblir. Regardez les vieux blasons ? Partout des Animaux !

« Voulant, Sire, connaître l'opinion des cours du Nord dans cette grande question, je lui dis : — En avez-vous écrit à votre gouvernement ?

« — Le cabinet Ours est plus fier que celui des Lions, il ne reconnaît pas l'Homme.

« — Prétendriez-vous, vieux glaçon à deux pattes et poudré de neige, que le Lion, mon maître, n'est pas le roi des Animaux ?

« L'Ours blanc prit, sans vouloir répondre, une attitude si dédaigneuse, que d'un bond je brisai les barreaux de mon appartement. Son Altesse, attentive à la querelle, en avait fait autant, et j'allais venger l'honneur de votre couronne, lorsque votre auguste fils me dit très judicieusement qu'au moment d'avoir des explications à Paris, il ne fallait pas se brouiller avec les puissances du Nord.

« Cette scène avait eu lieu pendant la nuit, il nous fut donc très facile d'arriver en quelques bonds sur les boulevards, où, vers le petit jour, nous fûmes accueillis par des : — Oh ! c'te tête ! — Sont-ils bien déguisés ! — Ne dirait-on pas de véritables Animaux ! »

III

LE PRINCE LÉO EST À PARIS
PENDANT LE CARNAVAL.
JUGEMENT QUE PORTE SON ALTESSE
SUR CE QU'ELLE VOIT

DEUXIÈME DÉPÊCHE

« Votre fils, avec sa perspicacité ordinaire, devina que nous étions en plein carnaval, et que nous pouvions aller et venir sans aucun danger. Je vous parlerai plus tard du carnaval. Nous étions excessivement embarrassés pour nous exprimer ; nous ignorions les usages et la langue du pays. Voici comment notre embarras cessa. »

(Interrompue par le froid de l'atmosphère.)

PREMIÈRE LETTRE DU PRINCE LÉO
AU ROI SON PÈRE

« Mon cher et auguste père,

« Vous m'avez donné si peu de valeurs, qu'il m'est bien difficile de tenir mon rang à Paris. À peine ai-je pu mettre les pattes sur les boulevards, que je me suis aperçu combien cette capitale diffère du désert. Tout se vend et tout s'achète. Boire est une dépense, être à jeun coûte cher, manger est hors de prix. Nous nous sommes transportés, mon Tigre et moi, conduits par un Chien plein d'intelligence, tout le long des boulevards, où personne ne nous a remarqués, tant nous ressemblions à des Hommes, en cherchant ceux d'entre eux qui se disent des Lions. Ce Chien, qui connaissait beaucoup Paris, consentit à nous servir de guide et d'interprète. Nous avons donc un interprète, et nous passons, comme nos adversaires, pour des Hommes déguisés en Animaux. Si vous aviez su, Sire, ce qu'est Paris, vous ne m'eussiez pas mystifié par la mission que vous m'avez donnée. J'ai bien peur d'être obligé quelquefois de compromettre ma dignité pour arriver à vous satisfaire. En arrivant au boulevard des Italiens, je crus nécessaire de me mettre à la mode en fumant un cigare, et j'éternuai si fort, que je produisis une certaine sensation. Un feuilletoniste, qui passait, dit alors en voyant ma tête : — Ces jeunes gens finiront par ressembler à des Lions.

« — La question va se dénouer, dis-je à mon Tigre.

« — Je crois, nous dit alors le Chien, qu'il en

est comme de la question d'Orient, et que le mieux est de la laisser longtemps nouée.

« Ce chien, Sire, nous donne à tout moment les preuves d'une haute intelligence ; aussi vous ne vous étonnerez pas en apprenant qu'il appartient à une administration célèbre, située rue de Jérusalem, qui se plaît à entourer de soins et d'égards les étrangers qui visitent la France.

« Il nous amena, comme je viens de vous le dire, sur le boulevard des Italiens ; là, comme sur tous les boulevards de cette grande ville, la part laissée à la nature est bien petite. Il y a des arbres, sans doute, mais quels arbres ! Au lieu d'air pur, de la fumée ; au lieu de rosée, de la poussière : aussi les feuilles sont-elles larges comme mes ongles.

« Du reste, de grandeur, il n'y en a point à Paris : tout y est mesquin ; la cuisine y est pauvre. Je suis entré pour déjeuner dans un café où nous avons demandé un Cheval ; mais le garçon a paru tellement surpris, que nous avons profité de son étonnement pour l'emporter, et nous l'avons mangé dans un coin. Notre Chien nous a conseillé de ne pas recommencer, en nous prévenant qu'une pareille licence pourrait nous mener en police correctionnelle. Cela dit, il accepta un os dont il se régala bel et bien.

« Notre guide aime assez à parler politique, et la conversation du drôle n'est pas sans fruit pour moi ; il m'a appris bien des choses. Je puis déjà vous dire que quand je serai de retour en Léonie, je ne me laisserai plus prendre à aucune émeute ; je sais maintenant une manière de gouverner qui est la plus commode du monde.

« A Paris, le roi règne et ne gouverne pas. Si vous ne comprenez pas ce système, je vais vous l'expliquer. On rassemble par trois à quatre cents groupes tous les honnêtes gens du pays en leur disant de se représenter par un d'eux. On obtient quatre cent cinquante-neuf Hommes chargés de faire la loi. Ces Hommes sont vraiment plaisants : ils croient que cette opération communique le talent, ils imaginent qu'en nommant un Homme d'un certain nom, il aura la capacité, la connaissance des affaires ; qu'enfin le mot honnête Homme est synonyme de législateur, et qu'un Mouton devient un Lion en lui disant : *Sois-le*. Aussi qu'arrive-t-il ? Ces quatre cent cinquante-neuf élus vont s'asseoir sur des bancs au bout d'un pont, et le roi vient leur demander de l'argent ou quelques ustensiles nécessaires à son pouvoir, comme des canons et des vaisseaux. Chacun parle alors à son tour de différentes choses, sans que personne fasse la moindre attention à ce qu'a dit le précédent orateur. Un Homme discute sur l'Orient après quelqu'un qui a parlé sur la pêche de la Morue. La mélasse est une réplique suffisante qui ferme la bouche à qui réclame pour la littérature. Après un millier de discours semblables, le roi a tout obtenu. Seulement, pour faire croire aux quatre cents élus qu'ils ont leur parfaite indépendance, il a soin de se faire refuser de temps en temps des choses exorbitantes demandées à dessein.

« J'ai trouvé, cher et auguste père, votre por-

trait dans la résidence royale. Vous y êtes
représenté dans votre lutte avec le Serpent
révolutionnaire, par un sculpteur appelé
Barye. Vous êtes infiniment plus beau que tous
les portraits d'Hommes qui vous entourent, et
dont quelques-uns portent des serviettes sur
leur bras gauche comme des domestiques, et
d'autres ont des marmites sur la tête. Ce
contraste démontre évidemment notre supériorité sur l'Homme. Sa grande imagination
consiste d'ailleurs à mettre les fleurs en prison
et à entasser les pierres les unes sur les autres.

« Après avoir pris ainsi langue dans ce pays
où la vie est presque impossible, et où l'on ne
peut poser ses pattes que sur les pieds du voisin, je me rendis à un certain endroit où mon
Chien me promit de me faire voir les Bêtes
curieuses auxquelles Votre Majesté nous a
ordonné de demander des explications sur la
prise illégale de nos noms, qualités, griffes, etc.

« — Vous y verrez bien certainement des
Lions, des Loups-Cerviers, des Panthères, des
Rats de Paris.

« — Mon ami, de quoi peut vivre un Loup-
Cervier dans un pareil pays ?

« — Le Loup-Cervier, sous le respect de
Votre Altesse, me répondit le Chien, est habitué à tout prendre, il s'élance dans les fonds
américains, il se hasarde aux plus mauvaises
actions, et se fourre dans les passages. Sa ruse
consiste à avoir toujours la gueule ouverte, et
le Pigeon, sa nourriture principale, y vient de
lui-même.

« — Et comment ?

« — Il paraît qu'il a eu l'esprit d'écrire sur sa

langue un mot talismanique avec lequel il
attire le Pigeon.

« — Quel est ce mot ?

« — Le mot *bénéfice*. Il y a plusieurs mots.
Quand *bénéfice* est usé, il écrit *dividende*. Après
dividende, *réserve* ou *intérêts*... Les Pigeons s'y
prennent toujours.

« — Et pourquoi ?

« — Ah ! vous êtes dans un pays où les gens
ont si mauvaise opinion les uns des autres, que
le plus niais est sûr d'en trouver un autre qui le
soit encore plus et à qui il fera prendre un
chiffon de papier pour une mine d'or... Le gouvernement a commencé le premier en ordon-
nant de croire que des feuilles volantes valaient
des domaines. Cela s'appelle fonder le *crédit
public*, et quand il y a plus de *crédit* que de
public, tout est fondu.

« Sire, le crédit n'existe pas encore en
Afrique, nous pouvons y occuper les perturba-
teurs en construisant une Bourse. Mon détaché (car je ne saurais appeler mon Chien un
attaché) m'a conduit, tout en m'expliquant les
sottises de l'Homme, vers un café célèbre où je
vis en effet les Lions, les Loups-Cerviers, Panthères et autres faux Animaux que nous cher-
chions. Aussi la question s'éclaircissait de plus
en plus. Figurez-vous, cher et auguste père,
qu'un Lion de Paris est un jeune Homme qui se
met aux pieds des bottes vernies d'une valeur
de trente francs, sur la tête, un chapeau à poil
ras de vingt francs, qui porte un habit de cent
vingt francs, un gilet de quarante au plus et un
pantalon de soixante francs. Ajoutez à ces guenilles une frisure de cinquante centimes, des

gants de trois francs, une cravate de vingt
francs, une canne de cent francs et des bre-
loques valant au plus deux cents francs ; sans y
comprendre une montre qui se paye rarement,
vous obtenez un total de cinq cent quatre-
vingt-trois francs cinquante centimes, dont
l'emploi ainsi distribué sur la personne rend
un Homme si fier, qu'il usurpe aussitôt notre
royal nom. Donc, avec cinq cent quatre-vingt-
trois francs cinquante centimes, on peut se
dire supérieur à tous les gens à talent de Paris,
et obtenir l'admiration universelle. Avez-vous
ces cinq cent quatre-vingt-trois francs, vous
êtes beau, vous êtes brillant, vous méprisez les
passants dont la défroque vaut deux cents
francs de moins. Soyez un grand poète, un
grand orateur, un Homme de cœur ou de courage, un illustre artiste, si vous manquez à
vous harnacher de ces vétilles, on ne vous
regarde point. Un peu de vernis mis sur des
bottes, une cravate de telle valeur, nouée de
telle façon, des gants et des manchettes, voilà
donc les caractères distinctifs de ces Lions fri-
sés qui soulevaient nos populations guerrières.
Hélas ! Sire, j'ai bien peur qu'il n'en soit ainsi
de toutes les questions, et qu'en les regardant
de trop près, elles ne s'évanouissent, ou qu'on y
reconnaisse sous le vernis ou sous les bretelles
un vieil intérêt, toujours jeune, que vous avez
immortalisé par votre manière de conjuguer le
verbe *Prendre !*

« — Monseigneur, me dit mon détaché qui
jouissait de mon étonnement à l'aspect de cette
friperie, tout le monde ne sait pas porter ces
habits ; il y a une manière, et dans ce pays-ci
tout est une question de manière.

« — Eh bien, lui dis-je, si un Homme avait les manières sans avoir les habits ?

« — Ce serait un Lion inédit, me répondit le Chien sans se déferrer. Puis, Monseigneur, le Lion de Paris se distingue moins par lui-même que par son Rat, et aucun Lion ne va sans son Rat. Pardon, Altesse, si je rapproche deux noms aussi peu faits pour se toucher, mais je parle la langue du pays.

« — Quel est ce nouvel Animal ?

« — Un Rat, mon prince : c'est six aunes de mousseline qui dansent, et il n'y a rien de plus dangereux, parce que ces six aunes de mousseline parlent, mangent, se promènent, ont des caprices, et tant, qu'elles finissent par ronger la fortune des Lions, quelque chose comme trente mille écus de dettes qui ne se retrouvent plus ! »

TROISIÈME DÉPÊCHE

« Expliquer à Votre Majesté la différence qui existe entre un Rat et une Lionne, ce serait vouloir lui expliquer des nuances infinies, des distinctions subtiles auxquelles se trompent les Lions de Paris eux-mêmes, qui ont des lorgnons ! Comment vous évaluer la distance incommensurable qui sépare un châle français, vert américain, d'un châle des Indes vert pomme ! une vraie guipure d'une fausse, une démarche hasardeuse d'un maintien convenable ! Au lieu des meubles en ébène enrichis de sculptures par Janest qui distinguent l'antre de la Lionne, le Rat n'a que des meubles en vulgaire acajou. Le Rat, Sire, loue un remise, la Lionne a sa voiture ; le Rat danse, et la Lionne monte à cheval au bois de Boulogne ; le Rat a des appointements fictifs, et la Lionne possède des rentes sur le grand-livre ; le Rat ronge des fortunes sans en rien garder, la Lionne s'en fait une ; la Lionne a sa tanière vêtue de velours, tandis que le Rat s'élève à peine à la fausse perse peinte. N'est-ce pas autant d'énigmes pour Votre Majesté, qui de littérature légère ne se soucie guère, et qui veut seulement fortifier son pouvoir ? Ce détaché, comme l'appelle Monseigneur, nous a parfaitement expliqué comment ce pays était dans une époque de transition, c'est-à-dire qu'on ne peut prophétiser que le présent, tant les choses y vont vite. L'instabilité des choses publiques entraîne l'instabilité des positions particulières. Évidemment ce peuple se prépare à devenir une horde. Il éprouve un si grand besoin de locomotion, que depuis dix ans surtout, en voyant tout aller à rien, il s'est mis en marche aussi : tout est danse et galop ! Les drames doivent rouler si rapidement, qu'on n'y peut plus rien comprendre ; on n'y veut que de l'action. Par ce mouvement général, les fortunes ont défilé comme tout le reste, et, personne ne se trouvant plus assez riche, on s'est cotisé pour subvenir aux amusements. Tout se fait par cotisation : on se réunit pour jouer, pour parler, pour ne rien dire, pour fumer, pour manger, pour chanter, pour faire de la musique, pour danser ; de là le club et le bal Musard. Sans ce Chien, nous n'eussions rien compris à tout ce qui frappait nos regards.

« Il nous dit alors que les farces, les chœurs insensés, les railleries et les images grotesques avaient leur temple, leur pandémonium. Si Son Altesse veut voir le galop chez Musard, elle rapportera dans sa patrie une idée de la politique de ce pays et de son gâchis.

« Le prince a manifesté si vivement son désir d'aller au bal, que, bien qu'il fût extrêmement difficile de le contenter, ses conseillers ne purent qu'obéir, tout en sachant combien ils s'éloignaient de leurs instructions particulières ; mais n'est-il pas utile aussi que l'instruction vienne à ce jeune héritier du trône ? Quand nous nous présentâmes pour entrer dans la salle, le lâche fonctionnaire qui était à la porte fut si effrayé du salut que lui fit monsieur votre fils, que nous pûmes passer sans payer. »

DERNIÈRE LETTRE DU JEUNE PRINCE À SON PÈRE

« Ah ! mon père, Musard est Musard, et le cornet à piston est sa musique. Vivent les débardeurs ! Vous comprendriez cet enthousiasme, si, comme moi, vous aviez vu le galop ! Un poète a dit que les morts vont vite, mais les bons vivants vont encore mieux ! Le carnaval, Sire, est la seule supériorité que l'Homme ait sur les Animaux, on ne peut lui contester cette invention ! C'est alors que l'on acquiert une certitude sur les rapports qui relient l'Humanité et l'Animalité, car il éclate alors tant de passions animales chez l'Homme, qu'on ne

saurait douter de nos affinités. Dans cet
immense tohu-bohu où les gens les plus distin-
gués de cette grande capitale se métamor-
phosent en guenilles pour défiler en images
hideuses ou grotesques, j'ai vu de près ce qu'on
appelle une Lionne parmi les Hommes, et je
me suis souvenu de cette vieille histoire d'un
Lion amoureux qu'on m'avait racontée dans
mon enfance, et que j'aimais tant. Mais
aujourd'hui cette histoire me paraît une fable
ridicule. Jamais Lionne de cette espèce n'a pu
faire rugir un vrai Lion. »

IV

COMMENT LE PRINCE LÉO JUGEA
QU'IL AVAIT EU GRAND TORD DE SE DÉRANGER,
ET QU'IL EÛT MIEUX FAIT DE RESTER EN AFRIQUE

QUATRIÈME DÉPÊCHE

« Sire, c'est au bal Musard que Son Altesse
put enfin aborder face à face un Lion parisien.
La rencontre fut contraire à tous les principes
de reconnaissances de théâtre ; au lieu de se
jeter dans les bras du prince, comme l'aurait
fait un vrai Lion, le Lion parisien, voyant à qui
il avait affaire, pâlit et faillit s'évanouir. Il se
remit pourtant et s'en tira... Par la force ? me
direz-vous. Non, Sire, mais par la ruse.

« Monsieur, lui dit votre fils, je viens savoir
sur quelle raison vous vous appuyez pour
prendre notre nom.

« — Fils du désert, répondit de la voix la plus

humble l'enfant de Paris, j'ai l'honneur de vous faire observer que vous vous appelez Lion, et que nous nous appelons *Laianne*, comme en Angleterre.

« — Le fait est, dis-je au prince, en essayant d'arranger l'affaire, que *Laianne* n'est pas du tout votre nom.

« — D'ailleurs, reprit le Parisien, sommes-nous forts comme vous ? Si nous mangeons de la viande, elle est cuite, et celle de vos repas est crue. Vous ne portez pas de bagues.

« — Mais, a dit Son Altesse, je ne me paye pas de semblables raisons.

« — Mais on discute, dit le Lion parisien, et par la discussion l'on s'éclaire. Voyons. Avez-vous pour votre toilette et pour vous faire la crinière quatre espèces de brosses différentes ? Tenez : une brosse ronde pour les ongles, plate pour les mains, horizontale pour les dents, rude pour la peau, à double rampe pour les cheveux ! Avez-vous des ciseaux recourbés pour les ongles, des ciseaux plats pour les moustaches ? sept flacons d'odeurs diverses ? Donnez-vous tant par mois à un Homme pour vous arranger les pieds ? Savez-vous seulement ce qu'est un pédicure ? Vous n'avez pas de sous-pieds, et vous venez me demander pourquoi l'on nous appelle des Lions ! Mais je vais vous le dire : nous sommes des *Laiannes*, parce que nous montons à Cheval, que nous écrivons des romans, que nous exagérons les modes, que nous marchons d'une certaine manière, et que nous sommes les meilleurs enfants du monde. Vous n'avez pas de tailleur à payer ?

« — Non, dit le prince du désert.

« — Eh bien ! qu'y a-t-il de commun entre nous ? Savez-vous mener un tilbury ?

« — Non.

« — Ainsi vous voyez que ce qui fait notre mérite est tout à fait contraire à vos traits caractéristiques. Savez-vous le whist ? Connaissez-vous le jockey's club ?

« — Non, dit l'ambassadeur.

« — Eh bien ! vous voyez, mon cher, le whist et le club, voilà les deux pivots de notre existence. Nous sommes doux comme des Moutons, et vous êtes très peu endurants.

« — Nierez-vous aussi que vous ne m'ayez fait enfermer ? dit le prince que tant de politesse impatientait.

« — J'aurais voulu vous faire enfermer que je ne l'aurais pas pu, répondit le faux Lion en s'inclinant jusqu'à terre. Je ne suis point le Gouvernement.

« — Et pourquoi le Gouvernement aurait-il fait enfermer Son Altesse ? dis-je à mon tour.

« — Le Gouvernement a quelquefois ses raisons, répondit l'enfant de Paris, mais il ne les dit jamais.

« Jugez de la stupéfaction du prince, en entendant cet indigne langage. Son Altesse fut frappée d'un tel étonnement, qu'elle retomba sur ses quatre pattes.

« Le Lion de Paris en profita pour saluer, faire une pirouette et s'échapper.

« Son Altesse, Sire, jugea qu'elle n'avait plus rien à faire à Paris, que les Bêtes avaient grand tort de s'occuper des Hommes, qu'on pouvait les laisser sans crainte jouer avec leurs Rats, leurs Lionnes, leurs cannes, leurs joujoux dorés, leurs petites voitures et leurs gants ; qu'il eût mieux valu qu'elle restât auprès de Votre Majesté, et qu'elle ferait bien de retourner au désert. »

À quelques jours de là on lisait dans le *Séma-phore* de Marseille :

« Le prince Léo a passé hier dans nos murs pour se rendre à Toulon, où il doit s'embarquer pour l'Afrique. La nouvelle de la mort du roi, son père, est, dit-on, la cause de ce départ précipité. »

La justice ne vient pour les Lions qu'après leur mort. Le journal ajoute que cette mort a consterné beaucoup de gens en Léonie, et qu'elle y embarrasse tout le monde.

« L'agitation est si grande, qu'on craint un bouleversement général. Les nombreux admirateurs du vieux Lion sont au désespoir. Qu'allons-nous devenir ! s'écrient-ils. On assure que le Chien qui avait servi d'interprète au prince Léo, s'étant trouvé là au moment où il reçut ces fatales nouvelles, lui donna un conseil qui peint bien l'état de démoralisation où sont tombés les Chiens de Paris : — Mon prince, lui dit-il, si vous ne pouvez tout sauver, *sauvez la caisse !* »

« Ainsi voilà donc, dit le journal, le seul enseignement que le jeune prince remportera de ce Paris si vanté ! Ce n'est pas la Liberté, mais les saltimbanques qui feront le tour du monde. »

Cette nouvelle pourrait être un *puff*, car nous n'avons pas trouvé la dynastie des Léo dans l'Almanach de Gotha.

DE BALZAC.

V

LES AMOURS DE DEUX BÊTES OFFERTS EN EXEMPLE AUX GENS D'ESPRIT

HISTOIRE ANIMAU-SENTIMENTALE

I

LE PROFESSEUR GRANARIUS

— Assurément, dit un soir, sous les tilleuls, le professeur Granarius, ce qu'il y a de plus curieux en ce moment, à Paris, est la conduite de Jarpéado. Certes, si les Français se conduisaient ainsi, nous n'aurions pas besoin de codes, remontrances, mandements, sermons religieux, ou mercuriales sociales, et nous ne verrions pas tant de scandales. Rien ne démontre mieux que c'est la *raison*, cet attribut dont s'enorgueillit l'Homme, qui cause tous les maux de la société.

Mademoiselle Anna Granarius, qui aimait un simple élève naturaliste, ne put s'empêcher de rougir, d'autant plus qu'elle était blonde et d'une excessive délicatesse de teint, une vraie héroïne de roman écossais, aux yeux bleus, enfin presque douée de seconde vue. Aussi s'aperçut-elle, à l'air candide et presque niais du professeur, qu'il avait dit une de ces banalités familières aux savants qui ne sont jamais savants que d'une manière. Elle se leva pour se promener dans le Jardin des plantes, qui se trouvait alors fermé, car il était huit heures et demie, et au mois de juillet le Jardin des plantes renvoie le public au moment où les poésies du soir commencent leurs chants. Se promener alors dans ce parc solitaire est une des plus douces jouissances, surtout en compagnie d'une Anna.

— Qu'est-ce que mon père veut dire avec ce Jarpéado qui lui tourne la tête ? se demandat-elle en s'asseyant au bord de la grande serre.

Et la jolie Anna demeura pensive, et si pensive, que la Pensée, comme il n'est pas rare de lui voir faire de ces tours de force chez les jeunes personnes, absorba le corps et l'annula. Elle resta clouée à la pierre sur laquelle elle s'était assise. Le vieux professeur, trop occupé, ne chercha pas sa fille et la laissa dans l'état où l'avait mise cette disposition nerveuse qui, quatre cents ans plus tôt, l'eût conduite à un bûcher sur la place de Grève. Ce que c'est que de naître à propos.

II

S.A.R. LE PRINCE JARPÉADO

Ce que Jarpéado trouvait de plus extraordinaire à Paris était lui-même, comme le doge de Gênes à Versailles. C'était, d'ailleurs, un gar-

çon bien pris dans sa petite taille, remarquable
par la beauté de ses traits, ayant peut-être les
jambes un peu grêles ; mais elles étaient chaussées de bottines chargées de pierreries et rele-
vées à la poulaine de trois côtés. Il portait sur
le dos, selon la mode de la Cactriane, son pays,
une chape de chantre qui eût fait honte à celles
des dignitaires ecclésiastiques du sacre de
Charles X ; elle était couverte d'arabesques en
semences de diamants sur un fond de lapis-
lazuli, et fendue en deux parties égales, comme
les deux vantaux d'un bahut ; puis ces parties
tenaient par une charnière d'or et se levaient
de bas en haut à volonté, à l'instar des surplis
des prêtres. En signe de sa dignité, car il était
prince des Coccirubri, il portait un joli hausse-
col en saphir, et sur sa tête deux aigrettes fili-
formes qui eussent fait honte, par leur délicatesse, à tous les pompons que les princes
mettent à leurs shakos, les jours de fête nationale.

Anna le trouva charmant, excepté ses deux
bras excessivement courts et décharnés ; mais
comment aurait-on pensé à ce léger défaut, à
l'aspect de sa riche carnation qui annonçait un
sang pur en harmonie avec le soleil, car les
plus beaux rayons rouges de cet astre semblaient avoir servi à rendre ce sang vermeil et
lumineux ? Mais bientôt Anna comprit ce que
son père avait voulu dire, en assistant à une de
ces mystérieuses choses qui passent inaper-
çues dans ce terrible Paris, si plein et si vide, si
niais et si savant, si préoccupé et si léger, mais
toujours fantastique, plus que la docte Allemagne, et bien supérieur aux contrées hoff-

manniques, où le grave conseiller du *Kammer-gericht* de Berlin a vu tant de choses. Il est vrai que maître Floh et ses besicles grossissantes ne vaudront jamais les forces apocalyptiques des sibylles mesmériennes, remises en ce moment à la disposition de la charmante Anna, par un coup de baguette de cette fée, la seule qui nous reste, Extasinada, à laquelle nous devons nos poètes, nos plus beaux rêves et dont l'existence est fortement compromise à l'Académie des sciences (section de médecine).

III

Autre tentation de saint Antoine

Les trois mille fenêtres de ce palais de verre se renvoyèrent les unes les autres un rayon de lune, et ce fut bientôt comme un de ces incendies que le soleil allume à son coucher dans un vieux château, et qui souvent trompent à distance un voyageur qui passe, un laboureur qui revient. Les cactus versaient les trésors de leurs odeurs, le vanillier envoyait ses ondes parfumées, le volcameria distillait la chaleur vineuse de ses touffes par effluves aussi jolies que ses fleurs, ces bayadères de la botanique, les jasmins des Açores babillaient, les magnolias grisaient l'air, les senteurs des daturas s'avançaient avec la pompe d'un roi de Perse, et l'impétueux lis de la Chine, dix fois plus fort que nos tubéreuses, détonnait comme les canons des Invalides, et traversait cette atmo-

sphère embrasée avec l'impétuosité d'un boulet, ramassant toutes les autres odeurs et se les
appropriant, comme un banquier s'assimile les
capitaux partout où passent ses spéculations.
Aussi le Vertige emmenait-il ces chœurs insensés au-dessus de cette forêt illuminée ; comme,
à l'Opéra, Musard entraîne, d'un coup de
baguette, dans un galop la ronde furieuse des
Parisiens de tout âge, de tout sexe, sous des
tourbillons de lumière et de musique.

La princesse Finna, l'une des plus belles
créatures du pays enchanté de Las Figuieras,
s'avança par une vallée du Nopalistan, résidence offerte au prince par ses ravisseurs, où
les gazons étaient à la fois humides et lisses,
allant à la rencontre de Jarpéado, qui, cette
fois, ne pouvait l'éviter. Les yeux de cette
enchanteresse, que dans un ignoble projet
d'alliance, le gouvernement jetait à la tête du
prince, ni plus ni moins qu'une Caxe-Sotha,
brillaient comme des étoiles, et la rusée s'était
fait suivre, comme Catherine de Médicis, d'un
dangereux escadron composé de ses plus belles
sujettes.

Du plus loin qu'elle aperçut le prince, elle fit
un signe. À ce signal, il s'éleva dans le silence
de cette nuit parfumée une musique absolument semblable au scherzo de la reine Mab,
dans la symphonie de *Roméo et Juliette*, où le
grand Berlioz a reculé les bornes de l'art du
facteur d'instruments, pour trouver les effets
de la Cigale, du Grillon, des Mouches, et
rendre la voix sublime de la nature, à midi,
dans les hautes herbes d'une prairie où mur-
mure un ruisseau sur du sable argenté. Seule-

ment le délicat et délicieux morceau de Berlioz
est à la musique qui résonnait aux sens inté-
rieurs d'Anna, ce que le brutal organe d'un
tonitruant ophicléide est aux sons filés du vio-
loncelle de Batta, quand Batta peint l'amour et
en rappelle les rêveries les plus éthérées aux
femmes attendries que souvent un vieux pri-
seur trouble en se mouchant ! (à la porte) !

C'était enfin la lumière qui se faisait
musique, comme elle s'était déjà faite parfum,
par une attention délicate pour ces beaux
êtres, fruit de la lumière que la lumière
engendre, qui sont lumière et retournent à la
lumière. Au milieu de l'extase où ce concert
d'odeurs et de sons devait plonger le prince
Jarpéado, et quel prince ! un prince à marier,
riche de tout le Nopalistan *(voir aux annonces
pour plus de détails)*, Finna, la Cléopâtre
improvisée par le gouvernement, se glissa sous
les pieds de Jarpéado, pendant que six vierges
dansèrent une danse qui était aussi supérieure
à la cachucha et au jaléo espagnol, que la
musique sourde et tintinnabulante des génies
vibrionesques surpassait la divine musique de
Berlioz. Ce qu'il y avait de singulier dans cette
danse était sa décence, puisqu'elle était exé-
cutée par des vierges ; mais là éclatait le génie
infernal de cette création nationale et transmise à ces danseurs par leurs ancêtres, qui la
tenaient de la fée Arabesque. Cette danse
chaste et irritante produisait un effet absolument semblable à celui que cause la ronde des
femmes du Campidano, colonie grecque aux
environs de Cagliari. (Êtes-vous allé en Sardaigne ? Non. J'en suis fâché. Allez-y rien que

pour voir danser ces filles enrichies de
sequins.) Assurément vous regardez, sans y
entendre malice, ces vertueuses jeunes filles
qui se tiennent par la main et qui tournent très
chastement sur elles-mêmes ; mais ce chœur
est néanmoins si voluptueux, que les consuls
anglais de la secte des *saints*, ceux qui ne rient
jamais, pas même au parlement, sont forcés de
s'en aller. Eh bien, les femmes du Campinado
de Sardaigne, en fait de danse à la fois chaste
et voluptueuse, étaient aussi loin des dan-
seuses de Finna que la vierge de Dresde par
Raphaël est au-dessus d'un portrait de Dubufe.
(On ne parle pas de peinture, mais d'expression.)

— Vous voulez donc me tuer ? s'écria Jarpéado, qui certes aurait rendu des points à un
consul anglais en fait de modestie et de patriotisme.

— Non, âme de mon âme, dit Finna d'une
voix douce à l'oreille comme de la crème à la
langue d'un chat, mais ne sais-tu pas que je
t'aime comme la terre aime le soleil, que mon
amour est si peu personnel, que je veux être ta
femme, encore bien que je sache devoir en
mourir !

— Ne sais-tu pas, répondit Jarpéado, que je
viens d'un pays où les castes sont chastes et
suivent les ordres de Dieu, tout comme dans
l'Indoustan font les brahmes. Un brahmine n'a
pas plus de répugnance pour un paria que moi
pour les plus belles créatures de ton atroce
pays de Las Figueiras, où il fait froid. Ton
amour me gèle. Arrière, bayadères impures !...
Apprenez que je suis fidèle, et quoique vous

soyez en force sur cette terre, quoique vous ayez en abondance les trésors de la vie, quand je devrais mourir ou de faim ou d'amour, je ne m'unirai jamais ni à toi, ni à tes pareilles. Un Jarpéado s'allier à une femme de ton espèce, qui est à la mienne ce que la négresse est à un blanc, ce qu'un laquais est à une duchesse ! Il n'y a que les nobles de France qui fassent de ces alliances. Celle que j'aime est loin, bien loin ; mais ou elle viendra, ou je mourrai sans amour sur la terre étrangère...

Un cri d'effroi retentit et ne permit pas d'entendre la réponse de Finna, qui s'écria : — Sauvez le prince ! Que des masses dévouées s'élancent entre le danger et sa personne adorée !

IV

OÙ LE CARACTÈRE DE GRANARIUS
SE DESSINE PAR SON IGNORANCE EN FAIT
DE SOUS-PIEDS

Anna vit alors, avec un effroi qui lui glaça le sang dans les veines, deux yeux d'or rouge qui s'avançaient portés par un nombre infini de cheveux. Vous eussiez dit d'une double comète à mille queues.

— Le Volvoce ! le Volvoce ! cria-t-on.

Le Volvoce, comme le choléra en 1833, passait en se nourrissant de monde. Il y avait des équipages par les chemins, des mères emportant leurs enfants, des familles allant et venant sans savoir où se réfugier. Le Volvoce allait atteindre le prince, quand Finna se mit entre le monstre et lui : la pauvre créature sauva Jarpéado qui resta froid comme Conachar, lorsque son père nourricier lui sacrifie ses enfants.

— Oh ! c'est bien un prince, se dit Anna tout épouvantée de cette royale insensibilité. Non, une Femme donnerait une larme à un Homme qu'elle n'aimerait pas, si cet Homme mourait pour lui sauver la vie.

— C'est ainsi que je voudrais mourir, dit langoureusement Jarpéado, mourir pour celle qu'on aime, mourir sous ses yeux, en lui léguant la vie... Sait-on ce qu'on reçoit quand on naît ? tandis qu'à la fleur de l'âge, on connaît bien la valeur de ce qu'on accepte...

En entendant ces paroles, Anna se réconcilia naturellement avec le prince.

— C'est, dit-elle, un prince qui aime comme un simple naturaliste.

— Es-tu musique, parfum, lumière, soleil de mon pays ? s'écria le prince que l'extase transportait et dont l'attitude fit craindre à la jeune fille qu'il n'eût une fièvre cérébrale. Ô ma Cactriane, où sur une mer vermeille, gorgé de pourpre, j'eusse trouvé quelque belle Ranagrida dévouée, aimante, je suis séparé de toi par des espaces incommensurables... Et tout ce qui sépare deux amants est infini, quand ce ne peut être franchi...

Cette pensée, si profonde et si mélancolique, causa comme un frémissement à la pauvre fille du professeur, qui se leva, se promena dans le Jardin des plantes, et arriva le long de la rue

Cuvier, où elle se mit à grimper, avec l'agilité d'une Chatte, jusque sur le toit de la maison qui porte le numéro 15. Jules, qui travaillait, venait de poser sa plume au bord de sa table, et se disait en se frottant les mains : — Si cette chère Anna veut m'attendre, j'aurai la croix de la Légion d'honneur dans trois ans, et je serai suppléant du professeur, car je mords à l'Entomologie, et si nous réussissons à transporter dans l'Algérie la culture du COCCUS CACTI... c'est une conquête, que diable !...

Et il se mit à chanter :

O Mathilde, idole de mon âme !... etc.,

de Rossini, en s'accompagnant sur un piano qui n'avait d'autre défaut que celui de nasiller. Après cette petite distraction, il ôta de dessus sa table un bouquet, fleurs cueillies dans la serre en compagnie d'Anna, et se remit à travailler.

Le lendemain matin, Anna se trouvait dans son lit, se souvenant, avec une fidélité parfaite, des grands et immenses événements de sa nuit, sans pouvoir s'expliquer comment elle avait pu monter sur les toits et voir l'intérieur de l'âme de monsieur Jules Sauval, jeune dessinateur du Muséum, élève du professeur Granarius ; mais violemment éprise de curiosité d'apprendre qui était le prince Jarpéado.

Il résulte de ceci, pères et mères de famille, que le vieux professeur était veuf, avait une fille de dix-neuf ans, très sage, mais peu surveillée, car les gens absorbés par les intérêts scientifiques accomplissent trop mal les devoirs de la paternité pour pouvoir y joindre ceux de la maternité. Ce savant à perruque retroussée, occupé de ses monographies, portait des pantalons sans bretelles, et (lui qui savait toutes les découvertes faites dans les royaumes infinis de la microscopie), ne connaissait pas l'invention des sous-pieds, qui donnent tant de rectitude aux plis des pantalons et tant de fatigue aux épaules. La première fois que Jules lui parla de sous-pieds, il les prit pour un sous-genre, le cher Homme ! Vous comprendrez donc comment Granarius pouvait ignorer que sa fille fût naturellement somnambule, éprise de Jules, et emmenée par l'amour dans les abîmes de cette extase qui frise la catalepsie.

Au déjeuner, en voyant son père près de verser gravement la salière dans son café, elle lui dit vivement : — Papa, qu'est-ce que le prince Jarpéado ?

Le mot fit effet. Granarius posa la salière, regarda sa fille dans les yeux de laquelle le sommeil avait laissé quelques-unes de ses images confuses, et se mit à sourire de ce gai, de ce bon, de ce gracieux sourire qu'ont les savants quand on vient à caresser leur dada !

— Voilà le sucre, dit-elle alors en lui tendant le sucrier.

Et voilà, chers enfants, comment le réel se mêle au fantastique dans la vie et au Jardin des plantes.

V

Aventures de Jarpéado

— Le prince Jarpéado est le dernier enfant d'une dynastie de la Cactriane, reprit le digne savant, qui, semblable à bien des pères, avait le défaut de toujours croire que sa fille en était encore à jouer avec ses poupées. La Cactriane est un vaste pays, très riche, et l'un de ceux qui boivent à même les rayons du soleil ; il est situé par un nombre de degrés de latitude et de longitude qui t'est parfaitement indifférent ; mais il est encore bien peu connu des observateurs, je parle de ceux qui regardent les œuvres de la nature avec deux paires d'yeux. Or, les habitants de cette contrée, aussi peuplée que la Chine et plus même, car il y a des milliards d'individus, sont sujets à des inondations périodiques d'eau bouillante, sorties d'un immense volcan, produit à main d'Homme, et nommé Harrozo-Rio-Grande. Mais la nature semble se plaire à opposer des forces productrices égales à la force des fléaux destructeurs, et plus l'Homme mange de Harengs, plus les mères de famille en pondent dans l'Océan... Les lois particulières qui régissent la Cactriane sont telles, qu'un seul prince du sang royal, s'il rencontre une de ses sujettes, peut réparer les pertes causées par l'épidémie dont les effets sont connus par les savants de ce peuple, sans qu'ils aient jamais pu en pénétrer les causes. C'est leur choléra-morbus. Et vraiment quels retours sur nous-mêmes ce spectacle dans les infiniment petits ne doit-il pas nous inspirer à nous... Le choléra-morbus n'est-il pas...

— Notre Volvoce ! s'écria la jeune fille.

Le professeur manqua de renverser la table en courant embrasser son enfant.

— Ah ! tu es au fait de la science à ce point, chère Annette ?... Tu n'épouseras qu'un savant. Volvoce ! qui t'a dit ce mot ?

(J'ai connu, dans ma jeunesse, un Homme d'affaires qui racontait, les larmes dans les yeux, comment un de ses enfants, âgé de cinq ans, avait sauvé un billet de mille francs qui, par mégarde, était tombé dans le panier aux papiers où il en cherchait pour faire des cocottes. — Ce cher enfant ! à son âge ! savoir la valeur de ce billet...)

— Le prince ! le prince ! s'écria la jeune fille en ayant peur que son père ne retombât dans quelque rêverie : et alors elle n'eût plus rien appris.

— Le prince, reprit le vieux professeur en donnant un coup à sa perruque, a échappé, grâce à la sollicitude du gouvernement français, à ce fléau destructeur ; mais on l'enleva, sans le consulter, à son beau pays, à son bel avenir, et avec d'autant plus de facilité que sa vie était un problème. Pour parler clairement, Jarpéado, le centimilliardimillionième de sa dynastie...

(Et, fit le professeur entre parenthèse, en levant vers le plafond plein de Bêtes empaillées sa mouillette trempée de café, vous faites les fiers, messieurs les Bourbons, les Othomans, races royales et souveraines, qui vivez à peine des quinze à seize siècles avec les mille et une précautions de la civilisation la plus raffinée... Ô combien... Enfin !... Ne parlons pas politique.)

Jarpéado ne se trouvait pas plus avancé dans l'échelle des êtres que ne l'est une Altesse Royale onze mois avant sa naissance, et il fut transporté, sous cette forme, chez mon prédécesseur, l'illustre Lacrampe, inventeur des

Canards, et qui achevait leur monographie alors que nous eûmes le malheur de le perdre ; mais il vivra tant que vivra *La Peau de Chagrin* où l'illustrateur l'a représenté contemplant ses chers Canards. Là se voit aussi notre ami Planchette à qui, pour la gloire de la science, feu Lacrampe a légué le soin de rechercher la configuration, l'étendue, la profondeur, les qualités des princes onze mois avant leur naissance. Aussi Planchette s'est-il déjà montré digne de cette mission, soutenant, contre cet intrigant de Cuvier, que, dans cet état, les princes devaient être infusoires, remuants, et déjà décorés.

Le gouvernement français, sollicité par feu Lacrampe, s'en remit au fameux Génie Spéculatoribus pour l'enlèvement du prince Jarpéado, qui, grâce à sa situation, put venir par mer du fond de la province du Guaxaca, sur un lit de pourpre composé de trois milliards environ de sujets de son père, embaumés par des Indiens qui, certes valent bien le docteur Gannal. Or, comme les lois sur la traite ne concernent pas les morts, ces précieuses momies furent vendues à Bordeaux pour servir aux plaisirs et aux jouissances de la race blanche, jusqu'à ce que le soleil, père des Jarpéado, des Ranagrida, des Negra, les trois grandes tribus des peuples de la Cactriane, les absorbât dans ses rayons... Oui, apprends, mon Anna, que pas une des nymphes de Rubens, pas une des jolies filles de Miéris, que pas une trompette de Wouwermans n'a pu se passer de ces peuplades. Oui, ma fille, il y a des populations entières dans ces belles lèvres qui

vous sourient au Musée, ou qui vous défient.
Oh ! si, par un effet de magie, la vie était rendue aux êtres ainsi distillés, quel charmant
spectacle que celui de la décomposition d'une
Vierge de Raphaël ou d'une bataille de
Rubens ! Ce serait, pour ces charmants êtres,
un jour comme celui de la résurrection éternelle qui nous est promis. Hélas ! peut-être y a-
t-il là-haut un puissant peintre qui prend ainsi
les générations de l'humanité sur des palettes,
et peut-être, broyés par une molette invisible,
devenons-nous une teinte dans quelque
fresque immense, ô mon Dieu !...

Là-dessus le vieux professeur, comme toutes
les fois que le nom de Dieu se trouvait sur ses
lèvres, tomba dans une profonde rêverie qui
fut respectée par sa fille.

VI

AUTRE JARPÉADO

Jules Sauval entra. Si vous avez rencontré
quelque part un de ces jeunes gens simples et
modestes, pleins d'amour pour la science, et
qui, sachant beaucoup, n'en conservent pas
moins une certaine naïveté charmante, qui ne
les empêche pas d'être les plus ambitieux des
êtres, et de mettre l'Europe sens dessus dessous à propos d'un os hyoïde, ou d'un coquil-
lage, vous connaissez alors Jules Sauval. Aussi
candide qu'il était pauvre (hélas ! peut-être
quand vient la fortune s'en va la candeur), le

Jardin des plantes lui servait de famille, il regardait le professeur Granarius comme un père, il l'admirait, il vénérait en lui le disciple et le continuateur du grand Geoffroy Saint-Hilaire, et il l'aidait dans ses travaux comme autrefois d'illustres et dévoués élèves aidaient Raphaël ; mais ce qu'il y avait d'admirable chez ce jeune Homme, c'est qu'il eût été ainsi, quand même le professeur n'aurait pas eu sa belle et gracieuse fille Anna, saint amour de la science ! car, disons-le promptement, il aimait beaucoup plus l'histoire naturelle que la jeune fille.

— Bonjour, Mademoiselle, dit-il, vous allez bien ce matin ?... Qu'a donc le professeur ?

— Il m'a malheureusement laissée au beau milieu de l'histoire du prince Jarpéado, pour songer aux fins de l'humanité... J'en suis restée à l'arrivée de Jarpéado à Bordeaux.

— Sur un navire de la maison Balguerie junior, reprit Jules. Ces banquiers honorables à qui l'envoi fut fait, ont remis le prince...

— Principicule... fit observer Anna.

— Oui, vous avez raison, à un grossier conducteur des diligences Laffitte et Caillard, qui n'a pas eu pour lui les égards dus à sa haute naissance et à sa grande valeur ; il l'a jeté dans cet abîme appelé caisse, qui se trouve sous la banquette du coupé, où le prince et son escorte ont beaucoup souffert du voisinage des groupes d'écus, et voilà ce qui nous met aujourd'hui dans l'embarras. Enfin, un simple facteur des messageries l'a remis au père Lacrampe qui a bondi de joie... Aussitôt que l'arrivée de ce prince fut officiellement annon-

cée au gouvernement français, Esthi, l'un des
ministres, en a profité pour arracher des
concessions en notre faveur : il a vivement
représenté à la commission de la chambre des
députés l'importance de notre établissement et
la nécessité de le mettre sur un grand pied, et il
a si bien parlé, qu'il a obtenu six cent mille
francs pour bâtir le palais où devait être logée
la race utile de Jarpéado. « Ce sera, Monsieur,
a-t-il dit au rapporteur, qui par bonheur était
un riche droguiste de la rue des Lombards,
nous affranchir du tribut que nous payons à
l'étranger, et tirer partie de l'Algérie qui nous
coûte des millions. » Un vieux maréchal
déclara que, dans son opinion, la possession
du prince était une conquête. — Messieurs, a
dit alors le rapporteur à la chambre, sachons
semer pour recueillir... Ce mot eut un grand
succès ; car, à la chambre, il faut savoir des-
cendre à la hauteur de ceux qui nous écoutent.
L'opposition, qui déjà trouvait tant à redire à
propos du palais des Singes, fut battue par
cette réflexion de nature à être sentie par les
propriétaires qui sont en majorité sur les bancs
de la chambre, comme les huîtres sur ceux de
Cancale.

— Quand la loi fut votée, dit le professeur
qui, sorti de sa rêverie, écoutait son élève, elle
a inspiré un bien beau mot. Je passais dans le
Jardin, je suis arrêté, sous le grand cèdre, par
un de nos jardiniers qui lisait le *Moniteur*, et je
lui en fis même un reproche ; mais il me
répondit que c'était la plus grande des feuilles
périodiques. — Est-il vrai, Monsieur, me dit-il,
que nous aurons une serre où nous pourrons

faire venir les plantes des deux tropiques et
garnie de tous les accessoires nécessaires,
fabriqués sur la plus grande échelle ? — Oui,
mon ami, lui dis-je, nous n'aurons plus rien à
envier à l'Angleterre, et nous devons même
l'emporter par quelques perfectionnements. —
Enfin, s'écria le jardinier en se frottant les
mains, depuis la révolution de Juillet, le peuple
a fini par comprendre ses vrais intérêts, et tout
va fleurir en France. Quand il vit que je sou-
riais, il ajouta : — Nos appointements seront-
ils augmentés ?...

— Hélas ! je viens de la grande serre, Monsieur, reprit Jules, et tout est perdu ! Malgré
nos efforts, il n'y aura pas moyen d'unir Jarpéado à aucune créature analogue, il a refusé
celle du *Coccus ficus caricoe*, je viens d'y passer
une heure, l'œil sur le meilleur appareil de
Dollond, et il mourra...

— Oui, mais il mourra fidèle, s'écria la sensible Anna.

— Ma foi, dit Granarius, je ne vois pas la
différence de mourir fidèle ou infidèle, quand
il s'agit de mourir...

— Jamais vous ne nous comprendrez ! dit
Anna d'un ton à foudroyer son père ; mais vous
ne le séduirez pas, il se refuse à toutes les
séductions, et c'est bien mal à vous, monsieur
Jules, de vous prêter à de pareilles horreurs.
Vous ne seriez pas capable de tant d'amour !...
cela se voit, Jarpéado ne veut que Ranagrida...

— Ma fille a raison. Mais si nous mettions,
en désespoir de cause, les langes de pourpre où
Jarpéado fut apporté, de son beau royaume de
la Cactriane, dans l'état où sont les princes, dix

mois avant leur naissance, peut-être s'y trouve-
rait-il encore une Ranagrida.

— Voilà, mon père, une noble action qui
vous méritera l'admiration de toutes les
femmes.

— Et les félicitations du ministre, donc ?
s'écria Jules.

— Et l'étonnement des savants ! répliqua le
professeur, sans compter la reconnaissance du
commerce français.

— Oui, mais, dit Jules, Planchette n'a-t-il
pas dit que l'état où sont les princes onze mois
avant leur naissance...

— Mon enfant, dit avec douceur Granarius
à son élève en l'interrompant, ne vois-tu pas
que la nature, partout semblable à elle-même,
laisse ainsi ceux du clan des Jarpéado, durant
des années ! Oh ! pourvu que les sacs d'écus ne
les aient pas écrasés...

— Il ne m'aime pas ! s'écria la pauvre Anna,
voyant Jules qui, transporté de curiosité, suivit
Granarius au lieu de rester avec elle pendant
que son père les laissait seuls.

VII

À LA GRANDE SERRE DU JARDIN DES PLANTES

— Puis-je aller avec vous, Messieurs ? dit
Anna quand elle vit son père revenir, tenant à
la main un morceau de papier.

— Certainement, mon enfant, dit le professeur avec la bonté qui le caractérisait.

Si Granarius était distrait, il donnait à sa fille tous les bénéfices de son défaut. Et combien de fois la douceur est-elle de l'indifférence ?... presque autant de fois que la charité est un calcul.

— Les fleurs que nous avons partagées hier, monsieur Jules, vous ont fait mal à la tête cette nuit, lui dit-elle en laissant aller son père en avant, vous les avez mises sur votre fenêtre après avoir chanté :

Ô Mathilde, idole de mon âme.

Ça n'est pas bien, pourquoi dire Mathilde ?

— Le cœur chantait Anna ! répondit-il. Mais qui donc a pu vous instruire de ces circonstances ? demanda-t-il avec une sorte d'effroi. Seriez-vous somnambule ?

— Somnambule ? reprit-elle. Oh ! que voilà bien les jeunes gens de ce siècle dépravé ! toujours prêts à expliquer les effets du sentiment par certaines proportions du fluide électromagnétique !... par l'abondance du calorique...

— Hélas ! reprit Jules en souriant, il en est ainsi pour les Bêtes. Voyez ! nous avons obtenu là... Il montra, non sans orgueil, la fameuse serre qui rampe sous la montagne du belvédère au Jardin des plantes. Nous avons obtenu les feux du tropique, et nous y avons les plantes du tropique, et pourquoi n'avons-nous plus les immenses Animaux dont les débris reconstitués font la gloire de Cuvier ? C'est que notre atmosphère ne contient plus autant de carbone, ou qu'en fils de famille pressé de jouir, notre globe en a trop dissipé... Nos sentiments sont établis sur des équations...

— Oh ! science infernale ! s'écria la jeune

fille. Aimez donc dans ce Jardin, entre le cabinet d'anatomie comparée et les éprouvettes, où la chimie zoologique estime ce qu'un Homme brûle de carbone en gravissant une montagne ? Vos sentiments sont établis sur des équations de dot ! Vous ne savez pas ce qu'est l'amour, monsieur Jules...

— Je le sais si bien que, pour approvisionner notre ménage, si vous vouliez de moi pour mari, mademoiselle, je passe mon temps à me rôtir comme un marron, l'œil sur un microscope, examinant le seul Jarpéado vivant que possède l'Europe, et s'il se marie, si ce conte de fée finit par : *et ils eurent beaucoup d'enfants*, nous nous marierons aussi, j'aurai la croix de la Légion d'honneur, je serai professeur adjoint, j'aurai le logement au Muséum, et trois mille francs d'appointements, j'aurai sans doute une mission en Algérie, afin d'y porter cette culture, et nous serons heureux... Ne vous plaignez donc pas de l'enthousiasme que me cause le prince Jarpéado...

— Ah ! c'était donc une preuve d'amour quand il a suivi mon père, pensa la jeune fille en entrant dans la grande serre.

Elle sourit alors à Jules, et lui dit à l'oreille :

— Eh bien, jurez-moi, monsieur Jules, de m'être aussi fidèle que Jarpéado l'est à sa race royale, d'avoir pour toutes les femmes le dédain que le prince a eu pour la princesse de *Las Figuieras*, et je ne serai plus inquiète ; et quand je vous verrai fumant votre cigare au soleil et regardant la fumée, Je dirai...

— Vous direz : Il pense à moi ! s'écria Jules. Je le jure...

Et tous deux ils accoururent à la voix du professeur qui jeta solennellement le petit bout de papier au sein du premier nopal que le Jardin des plantes y ait vu fleurir, grâce aux six cent mille francs accordés par la chambre des députés pour bâtir les nouvelles serres.

— Ce être donc oune serre-popiers ! dit un Anglais jaloux qui fut témoin de cette opération scientifique.

— Chauffez la serre ! s'écria Granarius ; Dieu veuille qu'il fasse bien chaud aujourd'hui ! La chaleur, disait Thouin, c'est la vie !

VIII

Le Paul et Virginie des animaux

Le lendemain soir, Anna, quand fut venue l'heure de la fermeture des grilles, se promena lentement sous les magnifiques ombrages de la grande allée, en respirant la chaude vapeur humide que les eaux de la Seine mêlaient aux exhalaisons du jardin, car il avait fait une journée caniculaire où le thermomètre était monté à un nombre de degrés majuscule, et ce temps est un des plus favorables aux extases. Pour éviter toute discussion à cet égard, et clore le bec aux Geais de la critique, il nous sera permis de faire observer que les fameux solitaires des premiers temps de l'Église ne se sont trouvés que dans les ardents rochers de l'Afrique, de l'Égypte et autres lieux incandescents ; que les Santons et les Faquirs ne poussent que dans les contrées les plus opiacées, et que saint Jean grillait dans Pathmos. Ce fut par cette raison que mademoiselle Anna, lasse de respirer cette atmosphère embrasée où les Lions rugissaient, où l'Éléphant bâillait, où la Girafe elle-même, cette ardente princesse d'Arabie, et les Gazelles, ces Hirondelles à quatre pieds, couraient après leurs sables jaunes absents, s'assit sur la marge de pierre brûlante d'où s'élancent les murs diaphanes de la grande serre, et y resta charmée, attendant un moment de fraîcheur, et ne trouvant que les bouffées tropicales qui sortaient de la serre comme des escadrons fougueux des armées de Nabuchodonosor, cet homme que la chronique représente sous la forme d'une Bête, parce qu'il resta sept ans enseveli dans la zoologie, occupé de classer les espèces, sans se faire la barbe. On dira, dans six cents ans d'ici, que Cuvier était une espèce de tonneau objet de l'admiration des savants.

À minuit, l'heure des mystères, Anna, plongée dans son extase et les yeux touchés par le Géant Microscopus, revit les vertes prairies du Nopalistan. Elle entendit les douces mélodies du royaume des Infiniment Petits et respira le concert de parfums perdu pour des organes fatigués par des sensations trop actives. Ses yeux, dont les conditions étaient changées, lui permirent de voir encore les mondes inférieurs : elle aperçut un Volvoce à cheval qui tâchait d'arriver au but d'un steeple-chase, et que d'élégants Cercaires voulaient dépasser ; mais le but de ce steeple-chase était bien supérieur à celui de nos dandys, car il s'agissait de manger de pauvres Vorticelles qui naissaient dans les fleurs, à la fois Animaux et fleurs, fleurs ou Animaux ! Ni Bory-Saint-Vincent, ni Müller, cet immortel Danois qui a créé autant de mondes que Dieu même en a faits, n'ont pris sur eux de décider si la Vorticelle était plus Animal que plante ou plus plante qu'Animal. Peut-être eussent-ils été plus hardis avec certains Hommes que les cochers de cabriolet appellent *melons*, sans que les savants aient pu deviner à quels caractères ces praticiens des rues reconnaissent l'Homme-Légume.

L'attention d'Anna fut bientôt attirée par l'air heureux du prince Jarpéado, qui jouait du luth en chantant son bonheur par une romance digne de Victor Hugo. Certes cette cantate aurait pu figurer avec honneur dans les *Orientales*, car elle était composée de onze cent onze stances, sur chacune des onze cent onze beautés de Zashazli (prononcez Virginie), la plus charmante des filles Ranagridiennes. Ce nom, de même que les noms persans, avait une signification, et voulait dire *vierge faite de lumière*. Avant de devenir *cinabre, minium*, enfin tout ce qu'il y a de plus rouge au monde, cette précieuse créature était destinée aux trois incarnations entomologiques que subissent toutes les créatures de la Zoologie, y compris l'Homme.

La première forme de Virginie restait sous un pavillon qui aurait stupéfait les admirateurs de l'architecture moresque ou sarrasine, tant il surpassait les broderies de l'Alhambra, du Généralife et des plus célèbres mosquées.

(Voir, au surplus, l'album du Nopalistan orné de sept mille gravures.) Situé dans une profonde vallée sur les coteaux de laquelle s'élevaient des forêts immenses, comme celles que Chateaubriand a décrites dans *Atala*, ce pavillon se trouvait gardé par un cours d'eau parfumée, auprès de laquelle l'eau de Cologne, celle de Portugal et d'autres cosmétiques sont à cette eau ce que l'eau noire, sale et puante de la Bièvre est à l'eau de Seine filtrée. De nombreux soldats habillés de garance, absolument comme les troupes françaises, gardaient les abords de la vallée en aval, et des postes non moins nombreux veillaient en amont. Autour du pavillon, des Bayadères dansaient et chantaient. Le prince allait et venait très effaré, donnant des ordres multipliés. Des sentinelles, placées à de grandes distances, répétaient les mots d'ordre. En effet, dans l'état où elle se trouvait, la jeune personne pouvait être la proie d'un Génie féroce nommé MISOCAMPE. Vêtu d'un corselet comme les hallebardiers du Moyen Âge, protégé par une robe verte d'une dureté de diamant, et doué d'une figure terrible, le Misocampe, espèce d'ogre, jouit d'une férocité sans exemple. Loin de craindre mille Jarpéadiens, un seul Misocampe se réjouit de les rencontrer en groupe, il n'en déjeune et n'en soupe que mieux. En voyant de loin un Misocampe, la pauvre Anna se rappela les Espagnols de Fernand Cortès débarquant au Mexique. Ce féroce guerrier a des yeux brillants comme des lanternes de voiture, et s'élance avec la même rapidité, sans avoir besoin, comme les voitures, d'être aidé par des

chevaux, car il a des jambes d'une longueur démesurée, fines comme des raies de papier à musique et d'une agilité de danseuse. Son estomac, transparent comme un bocal, digère en même temps qu'il mange. Le prince Paul avait publié des proclamations affichées dans toutes les forêts, dans tous les villages du Nopalistan, pour ordonner aux masses intelligentes de se précipiter entre le Misocampe et le pavillon, afin d'étouffer le Monstre ou de le rassasier. Il promettait l'immortalité aux morts, la seule chose qu'on puisse leur offrir. La fille du professeur admirait l'amour du prince Paul Jarpéado qui se révélait dans ces inventions de haute politique. Quelle tendresse ! quelle délicatesse ! La jeune princesse ressemblait parfaitement aux *babys* emmaillotés que l'aristocratie anglaise porte avec orgueil dans Hyde-Park, pour leur faire prendre l'air. Aussi l'amour du prince Paul avait-il toutes les allures de la maternité la plus inquiète pour sa chère petite Virginie, qui cependant n'était encore qu'un vrai *baby*.

— Que sera-ce donc, se dit Anna, quand elle sera nubile ?

Bientôt le prince Paul reconnut en Zashazli les symptômes de la crise à laquelle sont sujettes ces charmantes créatures. Par ses ordres, des capsules chargées de substances explosibles annoncèrent au monde entier que la princesse allait, jusqu'au jour de son mariage, se renfermer dans un couvent. Selon l'usage, elle serait enveloppée de voiles gris et plongée dans un profond sommeil, pour être plus facilement soustraite aux enchantements qui pouvaient la menacer. Telle est la volonté suprême de la fée Physine, qui a voulu que toutes les créations, depuis les êtres supérieurs aux Hommes, et même les Mondes, jusqu'aux Infiniment Petits, eussent la même loi. D'invisibles religieuses roulèrent la petite princesse dans une étoffe brune, avec la délicatesse que les esclaves de La Havane mettent à rouler les feuilles blondes des cigares destinés à George Sand ou à quelque princesse espagnole. Sa tête mignonne se voyait à peine au bout de ce linceul dans lequel elle resta sage, vertueuse et résignée. Le prince Paul Jarpéado demeura sur le seuil du couvent, sage, vertueux et résigné, mais impatient ! Il ressemblait à Louis XV qui, devinant dans une enfant de sept ans, assise avec son père sur la terrasse des Tuileries, la belle mademoiselle de Romans telle qu'elle devait être à dix-huit ans, en prit soin et la fit élever loin du monde.

Anna fut témoin de la joie du prince Paul quand, semblable à la Vénus antique sortant des ondes, Virginie quitta son linceul doré. Comme l'Ève de Milton, qui est une Ève anglaise, elle sourit à la lumière, elle s'interrogea pour savoir si elle était elle-même, et fut dans l'enchantement de se voir si *comfortable*. Elle regarda Paul et dit : — Oh !... ce superlatif de l'étonnement anglais.

Le prince s'offrit, avec une soumission d'esclave, à lui montrer le chemin dans la vie, à travers les monts et les vallées de son empire.

— Ô toi que j'ai pendant si longtemps attendue, reine de mon cœur, bénis par tes regards et les sujets et le prince ; viens enchanter ces lieux par ta présence.

Paroles qui sont si profondément vraies, qu'elles ont été mises en musique dans tous les opéras !

Virginie se laissa conduire en devinant qu'elle était l'objet d'une adoration infinie, et marcha d'enchantements en enchantements, écoutant la voix sublime de la nature, admirant les hautes collines vêtues de fleurs embaumées et d'une verdure éternelle ; mais encore plus sensible aux soins touchants de son compagnon. Arrivés au bord d'un lac joli comme celui de Thoune, Paul alla chercher une petite barque faite en écorce et d'une beauté miraculeuse. Ce charmant esquif, semblable à la coque d'une viole d'amour, était rayé de nacre incrustée dans la pellicule brune de ce tégument délicat. Jarpéado fit asseoir sa chère bien-aimée sur un coussin de pourpre, et traversa le lac dont l'eau ressemblait à un diamant avant d'être rendu solide.

— Oh ! qu'ils sont heureux ! dit Anna. Que ne puis-je comme eux voyager en Suisse et voir les lacs !...

L'opposition du Nopalistan a prétendu, dans *Le Charivari* de la capitale, que ce prétendu lac avait été formé par une gouttelette tombée d'une vitre situé à onze cents milles de hauteur, distance équivalant à trente-six mètres de France. Mais on sait le cas que les amis du gouvernement doivent faire des plaisanteries de l'opposition.

Paul offrait à Virginie les fruits les plus mûrs et les meilleurs, il les choisissait, et se contentait des restes, heureux de boire à la même tasse. Virginie était d'une blancheur remarquable et vêtue d'une étoffe lamée de la plus grande richesse ; elle ressemblait à cette fameuse Esméralda, tant célébrée par Victor Hugo. Mais Esméralda était une femme, et Virginie était un ange. Elle n'aurait pas, pour la valeur d'un monde, aimé l'un des maréchaux de la cour, et encore moins un colonel. Elle ne voyait que Jarpéado, elle ne pouvait rester sans le voir, et comme il ne savait pas refuser sa chère Zashazli, le pauvre Paul fut bientôt sur les dents, car, hélas ! dans toutes les sphères, l'amour n'est illimité que moralement. Quand, épuisé de fatigue, Paul s'endormit, Virginie s'assit près de lui, le regarda dormant en chassant les Vorticelles aériens qui pouvaient troubler son sommeil. N'est-ce pas une des plus douces scènes de la vie privée ? On laisse alors l'âme s'abandonner à toute la portée de son vol, sans la retenir dans les conventions de la coquetterie. On aime alors ostensiblement autant qu'on aime secrètement ! Quand Jarpéado s'éveilla, ses yeux s'ouvrirent sous la lumière de ceux de Virginie, et il la surprit exprimant sa tendresse sans aucun des voiles dont s'enveloppent les femmes à l'aide des mots, des gestes ou des regards. Ce fut une ivresse si contagieuse, que Paul saisit Virginie, et ils se livrèrent à une sarabande d'un mouvement qui rappelait assez la gigue des Anglais. Ce qui prouve que, dans toutes les sphères, par les moments de joie excessive où l'être oublie ses conditions d'existence, on éprouve le besoin de sauter, de danser ! (Voir les *Considérations sur la pyrrhique des anciens*, par M. Cinqprunes de Vergettes, membre de l'Insti-

tut.) En Nopalistan comme en France, les
bourgeois imitent la cour. Aussi dansait-on
jusque dans les plus petites bourgades.

Paul s'arrêta frappé de terreur.

— Qu'as-tu, cher amour ? dit Virginie.

— Où allons-nous ? dit le prince. Si tu
m'aimes et si je t'aime, nous aurons de belles
noces ; mais après !... Après, sais-tu, cher ange,
quel sera ton destin ?

— Je le sais, répondit-elle. Au lieu de périr
sur un vaisseau, comme la Virginie de la librairie, ou dans mon lit, comme Clarisse, ou dans
un désert, comme Manon Lescaut ou comme
Atala, je mourrai de mon prodigieux enfante-
ment, comme sont mortes toutes les mères de
mon espèce : destinée peu romanesque. Mais
t'aimer pendant toute une saison, n'est-ce pas
le plus beau destin du monde ? Puis mourir
jeune avec toutes ses illusions, avoir vu cette
belle nature dans son printemps, laisser une
nombreuse et superbe famille, enfin obéir à
Dieu ! quelle plus splendide destinée y a-t-il sur
la terre ? Aimons et laissons aux Génies à
prendre soin de l'avenir.

Cette morale un peu décolletée fit son effet.
Paul mena sa fiancée au palais où resplendis-
saient les lumières, où tous les diamants de sa
couronne étaient sortis du garde-meuble, et où
tous les esclaves de son empire, les Bayadères
échappées au fléau du Volvoce, dansaient et
chantaient. C'était cent fois plus magnifique
que les fêtes de la grande allée des Champs-
Élysées aux journées de Juillet. Un grand mouvement se préparait. Les Neutres, espèce de
sœurs grises chargées de veiller sur les enfants

à provenir du mariage impérial, s'apprêtaient à
leurs travaux. Des courriers partirent pour
toutes les provinces y annoncer le futur
mariage du prince avec Zashazli la Ranagri-
dienne et demander les énormes provisions
nécessaires à la subsistance des principicules.
Jarpéado reçut les félicitations de tous les
corps d'État, et fit un millier de fois la même
phrase en les remerciant. Aucune des cérémonies religieuses ne fut omise, et le prince Paul y
mit des façons pleines de lenteur, par lesquelles il prouva son amour, car il ne pouvait
ignorer qu'il perdrait sa chère Virginie, et son
amour pour elle était plus grand que son
amour pour sa postérité.

— Ah ! disait-il à sa charmante épouse, j'y
vois clair maintenant. J'aurais dû fonder mon
empire avec Finna, et faire de toi ma maîtresse
idéale. Ô Virginie ! n'es-tu pas l'idéal, cette
fleur céleste dont la vue nous suffit ? Tu me
serais alors restée, et Finna seule aurait péri.

Ainsi, dans son désespoir, Paul inventait la
bigamie, il arrivait aux doctrines des anciens
de l'Orient en souhaitant une femme chargée
de faire la famille, et une femme destinée à
être la poésie de sa vie, admirable conception
des temps primitifs qui, de nos jours, passe
pour être une combinaison immorale. Mais la
reine Jarpéada rendit ces souhaits inutiles. Elle
recommença plus voluptueusement encore la
scène de Finna, sur le même terrain, c'est-à-
dire sous les ombrages odoriférants du parc,
par une nuit étoilée où les parfums dansaient
leurs boléros, où tout inspirait l'amour. Paul,
dont la résistance avait été héroïque aux pres-

tiges de Finna, ne put se dispenser d'emporter alors la reine Jarpéada dans un furieux transport d'amour.

— Pauvres petites Bêtes du bon Dieu ! se dit Anna, elles sont bien heureuses, quelles poésies !... L'amour est la loi des mondes inférieurs, aussi bien que des mondes supérieurs ; tandis que chez l'Homme, qui est entre les Animaux et les Anges, la raison gâte tout !

DE BALZAC.

IX

OÙ APPARAÎT UNE CERTAINE DEMOISELLE PIGOIZEAU

Pendant que ces choses tenaient la fille de Granarius en émoi, Jules Sauval se répandait dans les sociétés du Marais, conduit par sa tante, qui tenait à lui faire faire un riche établissement. Par une belle soirée du mois d'août, madame Sauval obligea son neveu d'aller chez un monsieur Pigoizeau, ancien bimbelotier du passage de l'Ancre, qui s'était retiré du commerce avec quarante mille livres de rentes, une maison de campagne à Boissy-Saint-Léger et une fille unique âgée de vingt-sept ans, un peu rousse, mais à laquelle il donnait quatre cent mille francs, fruit de ses économies depuis neuf ans, outre les espérances consistant en quarante mille francs de rentes, la maison de campagne et un hôtel qu'il venait d'acheter rue de Vendôme, au Marais. Le dîner fut évidemment donné pour le célèbre naturaliste, à qui Pigoizeau, très bien avec le chef de l'État, voulait faire obtenir la croix de la Légion d'honneur. Pigoizeau tenait à garder sa fille et son gendre avec lui ; mais il voulait un gendre célèbre, capable de devenir professeur, de publier des livres et d'être l'objet d'articles dans les journaux.

Après le dessert, la tante prit son neveu Jules par le bras, l'emmena dans le jardin et lui dit à brûle-pourpoint :

— Que penses-tu d'Amélie Pigoizeau ?

— Elle est effroyablement laide, elle a le nez en trompette et des taches de rousseur.

— Oui, mais quel bel hôtel !

— De gros pieds.

— Maison à Boissy-Saint-Léger, un parc de trente hectares, des grottes, une rivière.

— Le corsage plat.

— Quatre cent mille francs.

— Et bête !...

— Quarante mille livres de rentes, et le bonhomme laissera quelque cinq cent mille francs d'économies.

— Elle est gauche.

— Un Homme riche devient infailliblement professeur et membre de l'Institut.

— Eh bien ! jeune Homme, dit Pigoizeau, l'on dit que vous faites des merveilles au Jardin des plantes, que nous vous devrons une conquête... J'aime les savants ! moi... Je ne suis pas une ganache. Je ne veux donner mon Amélie qu'à un Homme capable, fût-il sans un sou, et eût-il des dettes...

Rien n'était plus clair que ce discours, en désaccord avec toutes les idées bourgeoises.

X

OÙ MADEMOISELLE ANNA S'ÉLÈVE AUX PLUS HAUTES CONSIDÉRATIONS

À quelques jours de là, le soir, chez le professeur Granarius, Anna boudait et disait à Jules :

— Vous n'êtes plus aussi fidèle à la serre, et vous vous dissipez ; on dit qu'à force d'y voir pousser la Cochenille, vous vous êtes pris d'amour pour le rouge, et qu'une demoiselle Pigoizeau vous occupe...

— Moi ! chère Anna, moi ! dit Jules un peu troublé. Ne savez-vous pas que je vous aime...

— Oh ! non, répondit Anna ; chez vous autres savants, comme chez les autres Hommes, la raison nuit à l'amour ! Dans la nature, on ne pense pas à l'argent, on n'obéit qu'à l'instinct, et la route est si aveuglément suivie, si inflexiblement tracée, que si la vie est uniforme, du moins les malheurs y sont impossibles. Rien n'a pu décider ce charmant petit être, vêtu de pourpre, d'or, et paré de plus de diamants que n'en a porté Sardanapale, à prendre pour femme une créature autre que celle qui était née sous le même rayon de soleil où il avait pris naissance, il aimait mieux périr plutôt que de ne pas épouser sa pareille, son âme jumelle ; et vous !... vous allez vous marier à une fille rousse, sans instruction, sans taille, sans idées, sans manières, qui a de gros pieds, des taches de rousseur et qui porte des robes reteintes, qui fera souffrir vingt fois par jour votre amour-propre, qui vous écorchera les oreilles avec ses sonates.

Elle ouvrit son piano, se mit à jouer des variations sur la dernière pensée de Weber, de manière à satisfaire Chopin si Chopin l'eût entendue. N'est-ce pas dire qu'elle enchanta le monde des Araignées mélomanes, qui se balançait dans ses toiles au plafond du cabinet de Granarius, et que les Fleurs entrèrent par la fenêtre pour l'écouter ?

— Horreur ! dit-elle ; les Animaux ont plus d'esprit que les savants qui les mettent en bocal.

Jules sortit la mort dans le cœur, car le talent et la beauté d'Anna, le rayonnement de cette belle âme, vainquirent le concerto tintinulant que faisaient les écus de Pigoizeau dans sa cervelle.

XI

CONCLUSION

— Ah ! s'écria le professeur Granarius, il est question de nous dans les journaux. Tiens, écoute, Anna !

« Grâce aux efforts du savant professeur Granarius et de son habile adjoint, monsieur Jules Sauval, on a obtenu sur le Nopal de la grande serre au Jardin des plantes, environ dix grammes de Cochenille, absolument semblable à la plus belle espèce de celle qui se recueille au Mexique. Nul doute que cette culture fleurira dans nos possessions d'Afrique et nous affranchira du tribut que nous payons au nouveau monde. Ainsi se trouvent justifiées les dépenses de la grande serre, contre lesquelles l'Opposition a tant crié, mais qui rendront encore bien d'autres services au commerce français et à l'agriculture. M. J. Sauval, nommé chevalier de la Légion d'honneur, se propose d'écrire la monographie du genre Coccus. »

— Monsieur Jules Sauval se conduit bien mal avec nous, dit Anna, car vous avez commencé la monographie du genre Coccus...

— Bah ! dit le professeur, c'est mon élève.

Pour copie conforme :
De Balzac.

Table

DISTRIBUTION

ALLEMAGNE

SWAN BUCH-VERTRIEB GMBH
Goldscheuerstrasse 16
D-77694 Kehl/Rhein

BELGIQUE

UITGEVERIJ EN BOEKHANDEL
VAN GENNEP BV
Spuistraat 283
1012 VR Amsterdam
Pays-Bas

CANADA

EDILIVRE INC.
DIFFUSION SOUSSAN
5518 Ferrier
Mont-Royal, QC H4P 1M2

ESPAGNE

RIBERA LIBRERIA
Dr Areilza 19
48011 Bilbao

ÉTATS-UNIS

POWELL'S BOOKSTORE
1501 East 57th Street
Chicago, Illinois 60637

TEXAS BOOKMAN
8650 Denton Drive
75235 Dallas, Texas

FRANCE

BOOKKING INTERNATIONAL
16 rue des Grands Augustins
75006 Paris

GRANDE-BRETAGNE

SANDPIPER BOOKS LTD
22 a Langroyd Road
London SW17 7PL

ITALIE

MAGIS BOOKS s.r.l.
Vicolo Trivelli 6
42100 Reggio Emilia

LIBAN

LA PHENICIE
BP 50291
Furn EL Chebback
Beyrouth

SORED
BP 166210
Rue Mar Maroun
Beyrouth

MAROC

LIBRAIRIE DES ÉCOLES
12 av. Hassan II
Casablanca

PORTUGAL

CENTRALIVROS
Av. Cintura do Porto de Lisboa
Urbanizacao da Matinha A-2C
1900 Lisboa

PAYS-BAS

UITGEVERIJ EN BOEKHANDEL
VAN GENNEP BV
Spuistraat 283
1012 VR Amsterdam

RÉPUBLIQUE ARABE UNIE

DAR EL NASHR
HATIER
10 rue Abi Emama
BP 1969 Dokki
Le Caire

SUÈDE

LONGUS BOOK IMPORTS
Box 30161
S - 10425 Stockholm

SUISSE

MEDEA DIFFUSION
Z.I. 3 Corminboeuf
Case Postale 559
1701 Fribourg

TAIWAN

POINT FRANCE LIVRE
Diffusion de l'édition française
Han Yang Bd 7 F
374 Pa Teh Rd.
Section 2 - Taipei

IMPRIMÉ EN FRANCE PAR BRODARD ET TAUPIN
6103 J-5 Usine de La Flèche (Sarthe), le 06-06-1994
B/024-94 – Dépôt légal, Juin 1994
ISBN : 287714-199-3